诗人与诗

韦应物

无事风尘独不归

唐婷婷 编

河海大学出版社
HOHAI UNIVERSITY PRESS
· 南京 ·

图书在版编目（CIP）数据

韦应物 ：无事风尘独不归 / 唐婷婷编. -- 南京 ：
河海大学出版社，2022.3
（诗人与诗 / 李路主编）
ISBN 978-7-5630-7406-8

Ⅰ. ①韦… Ⅱ. ①唐… Ⅲ. ①唐诗—诗集②韦应物（737-790）—人物研究 Ⅳ. ①I222.742②K825.6

中国版本图书馆CIP数据核字(2022)第011063号

丛 书 名 / 诗人与诗
书　　名 / 韦应物：无事风尘独不归
WEI YINGWU：WUSHI FENGCHEN DU BU GUI
书　　号 / ISBN 978-7-5630-7406-8
责任编辑 / 毛积孝
丛书主编 / 李　路
特约编辑 / 齐　静
特约校对 / 朱阿祥
装帧设计 / 刘昌凤
出版发行 / 河海大学出版社
地　　址 / 南京市西康路1号（邮编：210098）
电　　话 /（025）83737852（总编室）
/（025）83722833（营销部）
经　　销 / 全国新华书店
印　　刷 / 三河市元兴印务有限公司
开　　本 / 660毫米×960毫米　1/16
印　　张 / 14
字　　数 / 170千字
版　　次 / 2022年3月第1版
印　　次 / 2022年3月第1次印刷
定　　价 / 59.80元

目录

韦应物诗

韦应物生平与创作

生平：数度罢官的吏隐诗人

簪缨世族

韦应物，字义博，京兆杜陵（今陕西省西安市）人，唐代官员，山水田园诗人。韦应物的生卒年月无史料记载，根据古典文学研究家孙望、傅璇琮以及原湖南科技大学中文系教授陶敏的考证，韦应物的生年应为735年或737年前后，卒年应为792年至793年前后。

韦应物出身于京兆韦氏，韦氏是关中的世家大族，唐代时长安有“城南韦杜，去天五尺”的俗谚，可见两个家族地位之显赫。据《新唐书·宰相世系表》记载，韦氏共有九房，在唐代曾出过十四个宰相。韦应物出自韦氏逍遥公房，其六世祖韦夐是北朝时期的隐士，北周明帝为其赐号逍遥公，因此其后代被称为逍遥公房。五世祖韦冲，在隋代曾官至民部尚书。高祖韦挺，曾于唐太宗时期任御史大夫等职。曾祖韦待价在武则天时期担任宰相。到了韦应物的祖父这一代，韦氏的地位开始逐渐衰落，祖父韦令仪官至宗正少卿。其父韦銮曾任少监，也是品级较低的中级官吏，不过韦銮及其兄长韦鉴皆以绘画见长，是著名的画家。从后来韦应物多次罢官后寄居寺庙以及其诗的内容来看，他的家中已经没有什么丰厚的产业了。

韦应物出生在这样的家族中，其仕途的起点还是很高的。十五岁时，他就以门荫补右千牛，成为唐玄宗李隆基的御前侍卫。在韦应物的诗中，我们可以看到他作为三卫郎时的情景。如他在《燕李录事》中写道：

与君十五侍皇闱，晓拂炉烟上赤墀。
花开汉苑经过处，雪下骊山沐浴时。

在《温泉行》中写道：

北风惨惨投温泉，忽忆先皇游幸年。
身骑厩马引天仗，直入华清列御前。
玉林瑶雪满寒山，上升玄阁游绛烟。
平明羽卫朝万国，车马合沓溢四鄽。
蒙恩每浴华池水，扈猎不蹂渭北田。
朝廷无事共欢燕，美人丝管从九天。

可见，在这段日子里，他曾扈从唐玄宗一同游玩、打猎、欢宴。皇帝、后妃、大臣在享受奢侈的生活时，这些侍卫都陪同在侧，甚至可以分享统治者的骄奢生活。

当时的三卫中有很多恩荫贵族子弟，这些纨绔子弟入伍后常常仗着家族、父兄的权势，胡作非为。韦应物也不例外，他在《逢杨开府》中写道：

少事武皇帝，无赖恃恩私。
身作里中横，家藏亡命儿。
朝持樗蒲局，暮窃东邻姬。
司隶不敢捕，立在白玉墀。
骊山风雪夜，长杨羽猎时。
一字都不识，饮酒肆顽痴。

可见少年韦应物也曾恃着皇恩与家族势力，有过一段飞扬跋扈的荒唐岁月。

出仕洛阳

天宝十四载（755），安史之乱爆发，后来长安沦陷，唐玄宗逃往蜀地，韦应物也就流落失业了。乾元年间，韦应物重返太学，恢复了太学学籍，不过此时的皇帝已经变成了唐肃宗，他的三卫职务已经无法恢复了。也大约是在太学学习时期，韦应物才开始“把笔学题诗”，发奋读书。

唐代宗广德年间，韦应物任洛阳县县丞。此时的洛阳，遭受了战火的荼毒，曾经繁华的东都变成了一座“空城”。韦应物在《广德中洛阳作》中写道：

时节屡迁斥，山河长郁盘。
萧条孤烟绝，日入空城寒。

可见洛阳城的荒凉萧条。在韦应物任洛阳丞期间，军阀势力横行。不过韦应物是一个勤政刚直的县丞，永泰元年（765），他因惩罚不法军士，与侄子韦班皆被控告投诉。他在《示从子河南尉班》的序中写道：

永泰中，余任洛阳丞，以扑抶军骑。时从子河南尉班，亦以刚直为政，俱见讼于居守。因诗示意，府县好我者，岂旷斯文。

此时的韦应物便萌生了辞官归隐的想法，他在诗中写道："不能林下去，只恋府廷恩。"不过唐代有"居官者以五岁为限"（《通典》卷十九）的规定。大历三年（768），韦应物洛阳丞的职务任满五年，便辞官了。

辞官之后，韦应物与妻子闲居在洛阳的同德精舍。这段时期，他游历了很多地方，常与"大历十才子"等众多文人交流、唱和，写下了很多诗篇。

大历六年（771），韦应物在洛阳任河南府兵曹参军。两年后，又因病辞官，继续在洛阳同德精舍寄居。

任职长安

大历九年（774），因京兆尹黎干推荐，韦应物赴长安任京兆府功曹参军，并且代理京兆府高陵县令。高陵县令是京兆畿县令，经历了战乱之后，催督徭役的任务十分繁重。面对沉重的徭役，他在诗作中表达了对百姓的同情与不忍逼迫，以及归隐山林的愿望。如在《高陵书情寄三原卢少府》中写道：

直方难为进，守此微贱班。

开卷不及顾，沉埋案牍间。
兵凶久相践，赋徭岂得闲。
促戚下可哀，宽政身致患。
日夕思自退，出门望故山。
君心倘如此，携手相与还。

约大历十二年（777），与他相守20年的妻子去世，悲痛之下，他写了很多悼念亡妻的诗作，如《伤逝》《往富平伤怀》《出还》等。

大历十三年（778），韦应物任鄠县（今陕西省西安市鄠邑区）县令。鄠县是长安西郊的风景区，有渼陂等郊游胜地。韦应物在《任鄠令渼陂游眺》中写道：

野水滟长塘，烟花乱晴日。
氤氲绿树多，苍翠千山出。
游鱼时可见，新荷尚未密。
屡往心独闲，恨无理人术。

可见，在鄠县，他有了一些闲适之趣，但也有很多治理县政的烦恼。

大历十四年（779），唐代宗驾崩，德宗继位。举荐他的京兆尹黎干获罪，韦应物因此受到牵连，改任栎阳县令。后来，韦应物又称病辞官，在长安西郊的善福精舍闲居。

善福精舍位于长安西郊沣水畔，是一处幽静的居所，韦应物在这里度过了约两年的田园生活，吟咏甚多。如在《答畅校书当》中写道：

偶然弃官去，投迹在田中。
日出照茅屋，园林养愚蒙。
虽云无一资，樽酌会不空。
且忻百谷成，仰叹造化功。
出入与民伍，作事靡不同。
时伐南涧竹，夜还沣水东。
贫蹇自成退，岂为高人踪？
览君金玉篇，彩色发我容。
日月欲为报，方春已徂冬。

从诗中可见，幽静的田园生活虽然贫苦，却为他排解了很多忧愁，让他度过了一段宁静安闲的日子。

建中二年（781），朝廷起用韦应物为尚书比部员外郎。尚书省又称“南宫”，韦应物在诗作中也多次提到。在他这段时期的诗作中，多有望月、看花、鸟啼、蝉鸣等意象，唯有休沐与亲友相聚时他方能感受到轻松惬意。如他在《答端》中写道：

郊园夏雨歇，闲院绿阴生。
职事方无效，幽赏独违情。
物色坐如见，离抱怅多盈。

况感夕凉气，闻此乱蝉鸣。

外放为官

建中三年（782）[1]，韦应物出任滁州（今安徽省滁州市）刺史。滁州是位于江淮之间的一座山城，韦应物在《登楼寄王卿》中写道：

数家砧杵秋山下，一郡荆榛寒雨中。

可见滁州城之萧条。他在《答崔都水》中写道：

氓税况重叠，公门极熬煎。
责逋甘首免，岁晏当归田。

可见，当时滁州赋税徭役非常沉重，诗人在怜悯百姓的同时，再次表达了对归隐的向往。约兴元元年（784）冬，韦应物罢任滁州刺史，后在滁州西涧闲居。

贞元元年（785），韦应物被任命为江州（今江西省九江市）刺史。关于江州的情形，他在《始至郡》中写道：

斯民本乐生，逃逝竟何为。

---

[1] 韦应物出任滁州刺史时间有争议，陶敏先生与孙望先生认为是建中三年（782），傅璇琮先生认为是建中四年（783）。

旱岁属荒歉，旧逋积如坻。

到郡方逾月，终朝理乱丝。

宾朋未及宴，简牍已云疲。

可见当时的江州百姓遭遇荒年，赋税繁重，纷纷逃亡。韦应物在此任职其政务也是非常繁重的。

贞元三年（787），韦应物奉调入京任左司郎中。左司郎中是尚书都省的重要属官，不过关于任职左司郎中期间的情况，在他的诗中少有反映。

次年，韦应物再次外放，任苏州刺史。苏州与滁州、江州不同，是一个“大藩”。他在《郡斋雨中与诸文士燕集》中写道：

吴中盛文史，群彦今汪洋。

方知大藩地，岂曰财赋强。

可见苏州不仅富庶，而且人才济济。在苏州，韦应物与顾况、孟郊、丘丹、秦系等都有诗文往来。孟郊在写给韦应物的《春日同韦郎中使君送邹儒立少府扶侍赴云阳》中写道：“太守不韵俗，诸生皆变风。”赞扬了韦应物在政风教化上的影响。

约贞元七年（791），韦应物罢任苏州刺史。不过由于韦应物在苏州任刺史期间，为官清廉，所以罢任时，因家贫无法返回长安，便在苏州城外的永定寺寄居。大约在次年，韦应物在苏州去世。

韦应物的一生一直在不断地入仕，不断地归隐。入仕时他勤于政务，善于反思，又心怀百姓，不愿横征暴敛；然而他又对归隐山林的生活十分向往，写下了很多山水诗，并多次在诗文中表达了隐逸山林的愿望。因此他多次罢官闲居，是一个典型的吏隐诗人。

创作：高雅闲淡，自成一家

韦应物出生在一个特殊的时代，他经历了八年的安史之乱，见证了唐代由盛向衰的过程。这一时期是唐诗比较岑寂的时期，文学史上称为大历时期。大历时期的诗人没有了盛唐诗人的激情与豪迈，尽管有部分诗作反映了这个动乱时代的社会现实，但大多只局限于个人的生活范围和自我感受。而韦应物的诗却卓然不群，自成一家。

韦应物是一位山水田园派诗人，后人常将他与陶渊明并称为“陶韦”，与王维、孟浩然、柳宗元合称为“王孟韦柳”。韦应物的山水诗景致优美如画，意境幽寂淡远，诗中还有对国家和人民的关爱，对人生的思考和情感的抒发，为后世称许。其五言古诗成就最高。白居易在《与元九书》中对韦应物的诗评价为：“近岁韦苏州歌行，才丽之外，颇近兴讽；其五言诗又高雅闲淡，自成一家之体。今之秉笔者，谁能及之？”

继承陶渊明诗风

韦应物是陶渊明的追随者、继承者，虽身在官场，却向往田园，因此他一次次地出仕，又一次次地归隐。而且他每次闲居之处都在寺庙中，并常与僧人交流唱和，希望能从佛门寻找精神上的安慰和寄托。

他在诗中多次表达了对陶渊明的仰慕之情，如在《东郊》中写道：“终罢斯结庐，慕陶真可庶。”他还写了一首诗，诗名便是《效陶彭泽》，诗中写道：

霜露悴百草，时菊独妍华。
物性有如此，寒暑其奈何。
掇英泛浊醪，日入会田家。
尽醉茅檐下，一生岂在多。

可以看出，韦诗的语言古朴淡雅，有着恬淡闲适、率真自然的风格，他的五言诗从立意到语言都有对陶渊明的模仿和学习。

不仅如此，韦应物的诗运笔空灵，诗中所呈现出来的画面与意境亦有陶渊明之风。如《寄全椒山中道士》：

今朝郡斋冷，忽念山中客。
涧底束荆薪，归来煮白石。
欲持一瓢酒，远慰风雨夕。
落叶满空山，何处寻行迹。

这首诗有着典型的韦应物五言诗的风格，是他任滁州刺史时所作。全诗由“今朝郡斋冷，忽念山中客”开端，后面几句诗都是由“忽念”所引，纯用虚笔，意境闲淡、高古，清代学者沈德潜评曰：“化工笔。与渊明‘采菊东篱下，悠然见南山’同。妙处不关语言意思。”

勤政忧民

韦应物虽然一直向往归隐山林，但为官却是认真负责、勤政忧民的。他曾是一个飞扬跋扈的纨绔子弟，在经历了安史之乱后，目睹了兵乱不熄、民生凋敝，这使他的思想发生了极大的转变，使他变成了一名忧国忧民的州县官吏。他曾多次担任县丞、刺史等职务，这让他有机会接触到底层百姓的生活，了解百姓的疾苦。从他的诗歌中，我们可以看到社会现实的黑暗和民生疾苦，以及对百姓深刻的同情。

当他看到百姓遭受苦难时，他不是从高高在上的为官者的角度出发，而是站在贫苦百姓的立场上，为百姓说话，表达对百姓的同情与怜悯。如他在《采玉行》中写道："官府征白丁，言采蓝溪玉。绝岭夜无家，深榛雨中宿。独妇饷粮还，哀哀舍南哭。"在《观田家》中写道："仓廪无宿储，徭役犹未已。方惭不耕者，禄食出闾里。"

作为一名中下级官员，他也常常不满朝廷对百姓的剥削与压迫，他想要对百姓实施宽政，却无力改变时局，进退两难，这也是他多次想要辞官归隐的原因之一。如他在《高陵书情寄三原卢少府》中写道："兵凶久相践，赋徭岂得闲。促戚下可哀，宽政身致患。"在《答崔都水》中写道："氓税况重叠，公门极熬煎。责逋甘首免，岁晏当归田。"

他还有作为州县长官的责任心，无论是在宴会、游春时，还是在病中，都会时刻记挂着作为官员的职责。如在《郡斋雨中与诸文士燕集》中写道："自惭居处崇，未睹斯民康。"在《春游南亭》中写道："逍遥池馆华，益愧专城宠。"在《寄李儋元锡》中写道："身多疾病思田里，邑有流亡愧俸钱。"

对人生的思考

韦应物的诗中，不仅有山水田园之美，还有很多关于人生的思考。从他的人生经历来看，他经历了时代的变迁、战乱的洗礼，看到了很多人间的疾苦，这使他有很多关于人生的慨叹与思考。以《初发扬子寄元大校书》为例，诗中写道：

凄凄去亲爱，泛泛入烟雾。
归棹洛阳人，残钟广陵树。
今朝此为别，何处还相遇？
世事波上舟，沿洄安得住！

这首诗是韦应物辞去洛阳丞之职，第一次归隐时所作，当时他从扬州游历回到洛阳，在诗中，他将归人的形象交织在“泛泛入烟雾”“残钟广陵树”的意境之中，并因离别表达“世事波上舟，沿洄安得住”的感慨，在诗中，抒情与写景相融会，在感发中有对人生的思考。

真挚的情感

韦应物在很多诗中表达了真挚的情感。他曾写下很多思念兄弟亲友的诗，以及怀念亡妻的悼亡诗。韦应物在诗中所表达的情感，如同他的山水诗一般，其气质皆是“淡”的，无论是思念还是哀伤，都是含蓄内敛的、哀而不伤的。

韦应物在地方为官时，每逢节日都会因思念远在故乡的亲友而写下诗作，如《新秋夜寄诸弟》：

两地俱秋夕，相望共星河。
高梧一叶下，空斋归思多。
方用忧人瘼，况自抱微痾。
无将别来近，颜鬓已蹉跎。

全诗无凄婉之词，所表达的情感是含蓄的，然而从这些质朴的语言中却能感受他到对兄弟的思念，给人一种悲而不伤之感。

韦应物的悼亡诗也为后人称道，南宋诗人刘克庄在《后村诗话》中曾写道："悼亡之作，前有潘骑省，后有韦苏州。"

韦应物的妻子元苹是北魏鲜卑皇族的后代。元苹嫁给韦应物时 16 岁，去世时仅 36 岁。妻子的离世让韦应物悲痛万分，他亲自为她写下《故夫人河南元氏墓志铭》，并写下了《伤逝》《送终》《出还》《往富平伤怀》等十几首悼亡诗，真情实意，感人至深。他在《伤逝》中写道：

染白一为黑，焚木尽成灰。
念我室中人，逝去亦不回。
结发二十载，宾敬如始来。
提携属时屯，契阔忧患灾。
柔素亮为表，礼章夙所该。

仕公不及私，百事委令才。

一旦入闺门，四屋满尘埃。

斯人既已矣，触物但伤摧。

单居移时节，泣涕抚婴孩。

知妄谓当遣，临感要难裁。

梦想忽如睹，惊起复徘徊。

此心良无已，绕屋生蒿莱。

从诗中可以看出，他与妻子之间的感情“结发二十载，宾敬如始来”，两人经历过“提携属时屯，契阔忧患灾”。他公务繁忙，家中事务都交给了妻子，如今妻子离去，留下伤心的他和年幼的孩子，深切的悲痛让他午夜梦回时辗转难眠。韦应物的悼亡诗不仅写自己的痛苦与思念，也写了对妻子的回忆以及妻子的美德，情真意切，令人动容。

清代乔亿在《剑溪说诗》又编中说：“古今悼亡之作，惟韦公应物十数篇，淡缓凄楚，真切动人，不必语语沉痛，而幽忧郁堙之气，直灌输其中，诚绝调也。潘安仁气自苍浑，是汉京余烈，而此题精蕴，实自韦发之。”

平淡自然的风格

平淡自然是韦应物诗歌的一大特征，朱熹说韦应物的诗“无一字做作，直是自在”，元代方回认为其诗“淡而自然”，清代翁方纲评其诗“奇妙全在淡处，实无迹可求”。

韦诗的平淡自然表现在三个方面：

首先，从思想情感来看，韦应物的诗没有大悲大喜的情绪波动，哪怕是经历重大变故、生离死别，他的诗句也是平淡冷静、哀而不伤的，其心境是恬静闲适、冲淡平和的。如他在《出还》中写道："凄凄动幽幔，寂寂惊寒吹。幼女复何知，时来庭下戏。"从诗中可以感受其内心的凄苦，可是他的文字却是平静的，没有痛哭流涕，也没有悲号。

其次，从布局和行文来看，韦应物的诗没有逞奇炫俗，没有回环曲折，而是平易自然、娓娓道来的。如《始除尚书郎别善福精舍》：

简略非世器，委身同草木。
逍遥精舍居，饮酒自为足。
累日曾一栉，对书常懒读。
社腊会高年，山川恣游瞩。
明世方选士，中朝悬美禄。
除书忽到门，冠带便拘束。
愧忝郎署迹，谬蒙君子录。
俯仰垂华缨，飘摇翔轻毂。
行将亲爱别，恋此西涧曲。
远峰明夕川，夏雨生众绿。
迅风飘野路，回首不遑宿。
明晨下烟阁，白云在幽谷。

再次，从语言风格来看，韦应物的诗没有辞藻的堆砌，也没有卖弄典故，他的语言一向是质朴自然的，以白描的手法营造出清新淡雅、高雅闲淡的意境，他的艺术手法是返璞归真的。以《滁州西涧》为例：

独怜幽草涧边生，上有黄鹂深树鸣。

春潮带雨晚来急，野渡无人舟自横。

这是韦应物的代表作，他用古朴平淡的语言为我们描述了一幅幽静的山水画，“写景清切，悠然意远”，并无一句是华丽辞藻的堆砌。

然而韦应物的诗不仅平淡自然，还有流丽的一面。宋代诗人徐俯说：“人言苏州诗多言其古淡，乃是不知苏州诗。自李、杜以来，古诗法尽废，惟苏州有六朝风致，最为流丽。”这说明韦应物在写景时，深受六朝谢灵运、谢朓等人的影响，语言清丽，景物细致鲜明。

他在写景时，特别善于捕捉自然中物候的微妙变化、观察色调的深浅明暗，也常常使用较清丽的语言。如“乔木生夏凉，流云吐华月”“绿阴生昼静，孤花表春余”“野水烟鹤唳，楚天云雨空”等。不过韦应物的这种流丽都是出于自然本身，而不是刻意追求的，反而有助于形成其冲淡平和的意境。

韦应物现存的诗作有五百七十余首，其中成就最高者为五言古诗。除了诗，韦应物还尝试过写词，如《调笑令》，不过由于数量较少，在本书中没有收录。

苏轼曾在《书黄子思诗集后》中评价韦应物：“李杜之后，诗人继作，虽间有远韵，而才不逮意。独韦应物、柳宗元，发纤秾于简古，寄至味于淡泊，非余子所及也。”可见在盛唐之后，韦应物在诗坛中具有非常高的地位。白居易在《与元九书》中说：“然当苏州在时，人亦未甚爱重，必待身后，人始贵之。”白居易没有说错，后世的人没有忘记韦应物，韦应物的诗至今仍是诗坛特殊的存在。

韦应物诗

悲故交

白璧众求瑕[1]，素丝易成污。

万里颠沛还，高堂已长暮[2]。

积愤方盈抱，缠哀[3]忽逾度[4]。

念子从此终，黄泉竟谁诉？

一为时事感，岂独平生故。

唯见荒丘原，野草涂朝露。

◇注释

[1] 瑕：玉上的瑕疵。

[2] 长暮：大暮，死亡的委婉说法。

[3] 缠哀：缠绵深重的悲哀，指父母故去的悲痛。

[4] 逾度：过度，过分。

◇译文

白玉总是被众人吹毛求疵，白丝容易染上污秽，优秀的人才总是容易遭受妒忌与谗言。你经历了颠沛流离回到故里，而双亲已经逝去。郁积的忧愤本已充满胸怀，又经历了亲人离世。想到你的人生到此终结，黄泉之下可以向谁诉说心事呢？我一时之间感叹时事，不仅仅是因为人生，也为了国事。如今眼前只有荒芜的山丘与平原，野草上皆是清晨的露水。

采玉行

官府征白丁[1]，言采蓝溪[2]玉。

绝岭夜无家，深榛[3]雨中宿。

独妇饷粮[4]还，哀哀舍南哭。

◇注释

[1] 白丁：没有编入军籍的壮丁，泛指平民。

[2] 蓝溪：地名，盛产美玉。

[3] 榛：一种落叶灌木或小乔木，此处泛指丛林。

[4] 饷粮：送饭。

◇译文

官府要征用壮丁，说要开采蓝溪的玉石。陡峭的山岭中没有人家，下雨的夜晚只能去满是杂树的丛林中露宿。给丈夫送饭的妇女独自回家，只能在房屋南边哀伤地哭泣。

城中卧疾知阎薛二子屡从邑令饮因以赠之

车马日萧萧[1]，胡不枉[2]我庐？
方来从令饮，卧病独何如？
秋风起汉皋[3]，开户望平芜[4]。
即此吝音素[5]，焉知中密疏。
渴者不思火，寒者不求水。
人生羁寓[6]时，去就[7]当如此。
犹希心异迹[8]，眷眷[9]存终始。

◇注释

[1] 萧萧：形容马鸣声。

[2] 枉：枉驾，屈尊来访。

[3] 汉皋：山名，又名“万山”，位于今湖北省襄阳市西。

[4] 平芜：杂草丛生的原野。

[5] 音素：音信，音问往来。

[6] 羁寓：羁旅，客居。

[7] 去就：进退，去留。

[8] 心异迹：思想与行动不一致。

[9] 眷眷：依恋、向往的样子。

◇译文

每日都能听见门前有萧萧的车马声，为何不屈尊来访我呢？近来你们常常与邑令宴饮，而我却独自卧病于榻什么也做不了。转眼间秋季已来临，秋风从汉皋吹来，打开窗户，眼前是杂草丛生的原野，一片荒芜。就此，我们之间的音信如此稀少，怎么能知道彼此的情谊究竟是密还是疏呢？口渴之人需要的是水而不是火，寒冷之人需要的是火而不是水。我羁旅卧病时，最需要的是友情的慰藉，朋友的去留应该以此为依据。我仍然希望你们的思想与行动并非一致，始终对你们念念不忘，期待着你们的到来。

酬柳郎中春日归扬州南郭见别之作

广陵三月花正开，花里逢君醉一回。

南北相过[1]殊不远，暮潮从去早潮来[2]。

◇注释

[1] 相过：互相往来。

[2] 暮潮从去早潮来：古代称早潮为潮，称暮潮为汐，将海水周期性涨落现象称为潮汐。

◇译文

扬州的三月正是花开的时节，在万花丛中与君重逢，大醉而归。我与你居于扬州南北，互相往来的距离并不遥远，可以如同海水潮汐一般经常相见。

酬卢嵩秋夜见寄五韵

乔木生夜凉，月华满前墀[1]。
去君咫尺地，劳君千里[2]思。
素秉栖遁[3]志，况贻招隐诗[4]。
坐见林木荣[5]，愿赴沧洲[6]期。
何能待岁晏，携手当此时[7]。

◇注释

[1] 墀：台阶，台阶上的空地。

[2] 千里：一作“千万”。

[3] 栖遁：避世隐居。

[4] 招隐诗：西晋时期，有很多以“招隐”为题的诗，蔚然成风。

[5] 坐见林木荣：一作“坐损经济策”。

[6] 沧洲：滨水之处，多指隐士的居处。

[7] 何能待岁晏，携手当此时：卢诗云：“岁晏以为期。”

◇译文

夜凉如水，清冷的月光洒满大地，照着高大的树木与空荡的台阶。我与你之间的距离只有咫尺之地，还要劳烦你深深地惦记我。我一向秉持着归隐山林的志向，更何况你还向我赠送了归隐诗。我愿看着树木茂盛生长，期待着前往滨水之处隐居。不用等到年末，现在就可以与你携手归隐。

出还

昔出喜还家，今还独伤意。
入室掩无光，衔哀写虚位[1]。
凄凄动幽幔[2]，寂寂惊寒吹[3]。
幼女复何知，时来庭下戏。
咨嗟[4]日复老，错莫[5]身如寄。
家人劝我餐，对案空垂泪。

◇注释

[1] 虚位：指妻子的灵位。

[2] 幽幔：昏暗的帷幔。

[3] 寒吹：寒风。

[4] 咨嗟：叹息。

[5] 错莫：同“错漠”，形容心情纷乱落寞，神思恍惚。

◇译文

昔日出门还家我总是欢喜的，唯独今日归来内心充满悲伤失意。房屋内昏暗无光，满怀哀痛地祭奠你的灵位。凄凉的寒风吹动了昏暗的帷幔，惊动了我空寂的内心。年幼的女儿又知道什么呢？还时常来到庭院中嬉戏。可叹我一日比一日衰老，终日神思恍惚寄居在这人世。家人们劝我多用餐，而我只能对着桌子暗自垂泪。

初发扬子[1]寄元大校书[2]

凄凄[3]去亲爱，泛泛[4]入烟雾。

归棹[5]洛阳人[6]，残钟广陵[7]树。

今朝此为别，何处还相遇？

世事波上舟，沿洄[8]安得住！

◇注释

[1] 扬子：扬子津，在长江北岸，是唐代南北的交通要道，位于今江苏省扬州市江都南。

[2] 校书：官职名，掌校勘典籍。

[3] 凄凄：形容哀伤的样子。

[4] 泛泛：形容船行漂浮的样子。

[5] 归棹：归舟。棹，船桨，此处代指船。

[6] 洛阳人：诗人自指。

[7] 广陵：扬州。

[8] 沿洄：顺境与逆境。沿，顺流而下。洄，逆流而上。

◇**译文**

悲伤地告别了亲爱的朋友，小船漂浮着驶入烟雾弥漫的江中。我在返回洛阳的船上渐行渐远，回望扬州，依稀还能听见远处的钟声，可以看见广陵朦胧的树影。今日我与你在此依依惜别，不知何时何地我们才能再次相见。世事犹如在波上行舟，无论是顺流还是逆流又如何能停驻呢？

除日[1]

思怀耿如昨，季月[2]已云暮。
忽惊年复新，独恨人成故。
冰池始泮[3]绿，梅援[4]还飘素[5]。
淑景[6]方转延[7]，朝朝自难度。

◇注释

[1] 除日：除夕，农历中一年的最后一天。

[2] 季月：每季的最后一个月，此处指腊月。

[3] 泮：融化

[4] 援：一作“稍”。

[5] 飘素：下雪。

[6] 淑景：美景，指春光。

[7] 转延：变化延长。

◇**译文**

心情悲伤，一切仿佛还在昨日，腊月已经到了要结束的时候。忽然发现新的一年又到了，唯独遗憾的是你已经不在了。结冰的池塘已开始融化，水色变绿，梅花枝头还飘着雪花。春光渐渐延长，而我的每一天都难以度过。

滁州西涧

独怜[1]幽[2]草涧边生，上有黄鹂深树[3]鸣。

春潮带雨晚来急，野渡[4]无人舟自横。

◇注释

[1] 怜：爱。

[2] 幽：一作“芳”。

[3] 深树：丛林深处。树，一作“处”。

[4] 野渡：郊野的渡口。

◇译文

我独爱涧边幽僻处生长的野草，茂密的丛林深处有黄鹂在歌唱。傍晚时分，春潮不断上涨，夹带着急雨，郊外的渡口一个人也没有，只有一叶小舟独自随意地横在水中。

春思

野花如雪绕江城，坐见年芳[1]忆帝京[2]。

阊阖[3]晓开凝碧树，曾陪鸳鹭[4]听流莺。

◇注释

[1] 年芳：指春光，春色。

[2] 帝京：指长安。

[3] 阊阖：宫门。

[4] 鸳鹭：指朝官。

◇译文

野花如白雪一般环绕着江城，这满目春光让我回忆起帝京长安。早晨宫门开启后凝望着碧树，曾与朝官们一起聆听黄莺婉转的歌声。

春游南亭

川[1]明气[2]已变，岩寒云尚拥[3]。
南亭草心绿，春塘泉脉[4]动。
景煦[5]听禽响，雨余看柳重。
逍遥池馆华，益愧专城[6]宠。

◇注释

[1] 川：平地，原野。

[2] 气：气候。

[3] 拥：抱。

[4] 泉脉：地下的泉水。

[5] 煦：温暖。

[6] 专城：主宰一城之事的太守、刺史等地方长官。

◇译文

原野已明亮起来，气候渐渐变暖，山岩上笼罩的烟云还带着寒气。南亭的小草已萌发出绿芽，早春池塘中的泉水潺潺流动。温暖的阳光里有鸟儿在歌唱，雨后的柳枝显得更加沉重。悠闲地观赏华丽的池苑馆舍，更加为主宰一城的职位感到惭愧。

答畅校书当[1]

偶然弃官去，投迹[2]在田中。
日出照茅屋，园林养愚蒙[3]。
虽云无一资，樽酌[4]会不空。
且忻百谷成，仰叹造化[5]功。
出入与民伍，作事靡不同。
时伐南涧竹，夜还沣水[6]东。
贫蹇[7]自成退，岂为高人踪？
览君金玉篇，彩色发我容。
日月欲为报，方春已徂[8]冬。

◇注释

[1] 畅校书当：畅当，中唐诗人，曾任果州刺史，与韦应物是好友。

[2] 投迹：投身，有生活或从事的意思。

[3] 养愚蒙：韬光养晦、修身养性的意思。愚蒙，愚昧不明。《周易·蒙卦》："蒙以养正，圣功也。"孔颖达疏："以蒙昧隐默自养正道，乃成至圣之功。"

[4] 樽酌：酒器，酒杯。

[5] 造化：大自然。

[6] 沣水：沣河，渭水支流，位于今陕西省西安市西。

[7] 贫蹇：贫穷困苦。

[8] 徂：过去，逝去。

◇译文

偶然之间辞官而去，投身于田园生活。日出时阳光照耀着茅屋，我于园林中韬光养晦、修身养性。虽然说家里清贫，但酒杯中的酒不会空。百谷收成时我是如此欣喜，仰天感叹大自然的功绩。出入时与平民百姓为伍，劳作时与他们没有什么不同。有时去南边的山涧砍伐竹子，夜晚再回到沣水之东。我因贫穷困苦而退隐山林，岂是为了追寻高士的踪迹？阅读你金玉般美好的诗篇，文采绚烂，令我动容。每日都想写诗回复，转眼间冬季已逝，又到了春天。

答崔都水[1]

深夜竹庭雪，孤灯案上书。

不遇无为[2]化，谁复得闲居？

◇注释

[1] 崔都水：崔倬，韦应物的堂妹夫。都水，官名，掌河渠、桥梁、水利等事务。

[2] 无为：道家思想，指顺应自然规律，不主动地有所作为。

◇译文

深夜窗外下起了雪，庭院中的竹丛已积满了白雪，我在一盏孤灯下伏案读书。如果不是遇到无为而治之策，谁会有时间得以闲居呢？

答崔主簿倬[1]

朗月分林霭[2]，遥管[3]动离声。
故欢良已阻，空宇澹无情。
窈窕[4]云雁没，苍茫河汉[5]横。
兰章不可答，冲襟[6]徒自盈。

◇注释

[1] 崔主簿倬：崔倬，韦应物的堂妹夫。

[2] 林霭：林中的雾气。

[3] 管：乐器名，竹制，与笛相似。

[4] 窈窕：形容天空幽深、美好。

[5] 河汉：银河。

[6] 冲襟：淡泊旷达的胸怀。

◇译文

清朗的月色分开了林中的雾气，远处传来悠悠的笛管吹奏的声音，牵动了离别的情绪。曾经的欢乐与美好已被山河阻断，空旷的天空淡泊无情。幽远的高空中，有大雁在飞行，苍茫的夜空被银河分隔为两端。你的诗章是如此美好，我无法答复，我的心中充满了淡泊旷达。

答东林道士

紫阁[1]西边第几峰，茅斋夜雪虎行踪。

遥看黛色[2]知何处，欲出山门寻暮钟[3]。

◇注释

[1] 紫阁：紫阁峰，终南山山峰名，位于今陕西省鄠邑区东南。杜甫《秋兴八首》：“紫阁峰阴入渼陂。”

[2] 黛色：青黑色。此处指山色。

[3] 欲出山门寻暮钟：一作“欲向西山寻暮钟”。

◇译文

不知在紫阁峰西边的第几峰，雪夜中的茅屋边有猛虎的行踪。远看青黑色的山林仿佛知道了在何处，于是我想要走出山门寻找晚钟的方向。

答端[1]

郊园夏雨歇，闲院绿阴生。
职事[2]方无效，幽赏[3]独违情。
物色[4]坐如见，离抱[5]怅多盈。
况感夕凉气，闻此乱蝉鸣。

◇注释

[1] 端：韦端，韦应物的堂弟。

[2] 职事：公务。

[3] 幽赏：寻幽探胜，欣赏美景。

[4] 物色：景色。

[5] 离抱：离情。

◇译文

郊外的园林夏雨初歇，我清闲地在院中赏景，雨后的树木青翠欲滴。想到公务还没有好的政绩和效果，便失去了欣赏美景的心情。我坐在院中看着眼前的景色，内心充满了离情与惆怅。何况在这清凉的夜晚，却听见了蝉的乱鸣声。

答秦十四校书[1]

知掩山扉三十秋，鱼须[2]翠碧[3]弃床头。
莫道谢公[4]方在郡，五言[5]今日为君休。

◇注释

[1] 秦十四校书：秦系，字公绪，天宝末年曾避乱隐居于越州，中唐著名诗人。

[2] 鱼须：古代大夫所执的朝笏。

[3] 翠碧：玉佩。代指官员服饰。

[4] 谢公：指南齐诗人谢朓。秦系在写给韦应物的诗中云："诗兴到来无一事，郡中今有谢玄晖。"

[5] 五言：秦系长于五言诗。

◇译文

我知你在山中隐居已三十年，朝笏、玉佩这些官员服饰已被你丢弃在床头。不要说谢朓在郡中，在你的面前我的五言诗也要搁笔。

答郑骑曹青橘绝句

怜君卧病思新橘，试摘犹酸亦未黄。

书后欲题三百颗，洞庭[1]须待满林霜[2]。

◇注释

[1] 洞庭：洞庭山，位于苏州太湖，盛产美橘。

[2] 满林霜：此为王羲之帖“奉橘三百枚，霜未降，不可多得”的典故。

◇译文

因怜你卧病期间想念新橘，试着摘下后发现味道还很酸，颜色还未黄。本想写完信后给你送去三百颗，不过还须等到满林降下白霜之后方可采摘。

登楼

兹[1]楼日登眺，流岁[2]暗蹉跎[3]。
坐厌淮南守[4]，秋山红树多。

◇注释

[1] 兹：这。

[2] 流岁：流年，岁月。

[3] 蹉跎：光阴虚度。

[4] 淮南守：当时韦应物任滁州刺史，刺史也称太守，而滁州属淮南道，故称。

◇译文

登上这座楼，向四处眺望，感叹岁月流逝，光阴虚度。我已厌倦了做这淮南太守，幸好有满山的秋叶能给我一些安慰。

登楼寄王卿

踏阁攀林恨不同，楚云沧海思无穷。

数家砧杵[1]秋山下，一郡荆榛[2]寒雨中。

◇注释

[1] 砧杵：捣衣用的石砧和棒槌，此处指捣衣声。

[2] 荆榛：泛指丛生的灌木、荆棘，形容荒芜之情景。曹植《归思赋》：“城邑寂以空虚，草木秽而荆榛。”

◇译文

登上楼阁，攀上丛林，登高揽胜，恨不能与你同行，看着眼前苍茫的天空与大海，我思绪万千。萧索的秋山下，传来阵阵捣衣之声，极目远眺，凄凉的寒雨中，满郡可见莽莽苍苍的荆棘树丛。

东郊

吏舍[1]跼[2]终年，出郊旷清曙。

杨柳散和风，青山澹[3]吾虑。

依丛适自憩[4]，缘涧还复去。

微雨霭[5]芳原，春鸠鸣何处？

乐幽心屡止，遵事[6]迹犹遽[7]。

终罢斯结庐[8]，慕陶[9]真可庶[10]。

◇注释

[1] 吏舍：官署，官吏的居处。

[2] 跼：拘束，局促。

[3] 澹：澄净，冲淡。

[4] 憩：休息。

[5] 霭：云气弥漫。

[6] 事：公务。

[7] 遽：匆忙。

[8] 结庐：陶渊明《饮酒》："结庐在人境，而无车马喧。"

[9] 慕陶：仰慕陶渊明的志向。

[10] 庶：庶几，几乎。

◇译文

我终年公务缠身，拘束在官署，实在烦闷，来到郊野，是如此开阔，清幽的曙光让我感到心旷神怡。杨柳在和风中摇曳，青翠的山色冲淡了我的忧虑。依在树丛舒适地休息片刻，又沿着山涧信步前行。细雨迷蒙，为芬芳的原野笼上一层薄雾，不知何处传来一阵阵斑鸠的鸣声。虽想一直停留在这清幽的山水间，可惜公务繁忙，让我的脚步匆忙起来。终有一天，我要辞去官职，建造一间茅屋，如陶渊明般过着隐居的生活。

独游西斋寄崔主簿

同心[1]忽已别，昨事方成昔。

幽径还独寻，绿苔见行迹。

秋斋正萧散[2]，烟水易昏夕[3]。

忧来结几重，非君不可释。

◇注释

[1] 同心：情意相投。

[2] 萧散：萧条，凄凉。

[3] 昏夕：昏暗。

◇译文

我与你情意相投，突然之间却要离别，你我之间的往事虽已过去，但仿若还在昨天。我在僻静的小路上寻找你的踪迹，由于久无人烟，这里已长满绿苔。秋日的屋舍看起来如此萧条，雾霭迷蒙的水面一片昏暗。我的心中有重重忧愁，唯有你可解我心结。

对雨寄韩库部[1]协

飒[2]至池馆凉，霭然[3]和晓雾。
萧条集新荷，氤氲[4]散高树。
闲居兴方澹，默想心已屡。
暂出仍湿衣，况君东城[5]住。

◇注释

[1] 库部：尚书省兵部所属的官曹之一。《新唐书·百官志》：“库部郎中、员外郎，各一人，掌戎器、卤簿仪仗。”

[2] 飒：风声。

[3] 霭然：昏暗的样子。

[4] 氤氲：繁盛的样子。

[5] 东城：指长安城东部。柳宗元《故温县主簿韩君墓志》：“暴病，卒于长安永崇里先人之庐。”

◇译文

清风吹过，给池塘馆阁带来了清凉之气，清晨的云雾一片昏暗。池中已长出萧条、零星的新荷，高大的树木枝叶繁盛。闲居的兴致已渐渐淡泊，心中屡次默默地怀念你。短暂出行尚且会被雨淋湿衣衫，何况你住在东城，相距甚远。

对雨赠李主簿高秀才

迺迤[1]曙云薄，散漫[2]东风来。

青山满春野，微雨洒轻埃。

吏局[3]劳佳士[4]，宾筵得上才[5]。

终朝狎文墨[6]，高兴[7]共徘徊。

◇注释

[1] 迺迤：曲折连绵的样子。

[2] 散漫：弥漫四散。

[3] 吏局：官署。

[4] 佳士：才德兼备之人。

[5] 上才：有杰出才华的人才。

[6] 狎文墨：指吟诗作赋。狎，亲近。

[7] 高兴：高雅的兴致。

◇译文

黎明的薄云曲折连绵，随着东风弥漫四散。春季的野外满目是青翠的山，微微细雨洗净了空气中的尘埃。官署中的公务须烦劳你这样德才兼备之人，在宴请宾客的筵席中有幸结识了有杰出才华的人。我们终日吟诗作赋，高雅的兴致让我们流连忘返。

沣上对月寄孔谏议

思怀在云阙[1]，泊素[2]守中林[3]。
出处[4]虽殊迹，明月两知心。

◇注释

[1] 云阙：借指朝廷。

[2] 泊素：胸怀淡泊。

[3] 中林：林野，指隐居之地。

[4] 出处：出仕和隐退。

◇译文

我怀念的人在朝廷之中，而我胸怀淡泊，隐居于林野。你我虽一个出仕，一个隐退，行事不同，但明月可以证明，你我之心相同。

沣上醉题寄涤武[1]

芳园知夕燕[2]，西郊[3]已独还。

谁言不同赏，俱是醉花间。

◇注释

[1] 涤武：指韦涤、韦武，韦应物的从弟。

[2] 燕：通“宴”。

[3] 西郊：指沣上，时韦应物在长安西郊沣水畔善福精舍闲居。

◇译文

得知你们傍晚在芳园设宴，而我在西郊已独自归来。谁说我们不可一同赏花，我们都醉在花间。

奉酬处士叔见示

挂缨[1]守贫贱，积雪卧郊园。
叔父亲降趾[2]，壶觞[3]携到门。
高斋乐宴罢，清夜道心存。
即此同疏氏[4]，可以一忘言[5]。

◇注释

[1] 挂缨：挂冠，指辞去官职，归隐。缨，冠带。

[2] 降趾：客人来访的敬称。

[3] 壶觞：酒器。

[4] 疏氏：指疏广与疏受叔侄二人。

[5] 忘言：指二人无需语言的交流也能懂得彼此的内心。

◇**译文**

我辞官归隐，安守贫贱，在这下雪的冬天隐居于郊外的园林。叔父亲自来访，携带着美酒来到我的家中。家中宴饮结束之后，在清冷的夜里我心中还存着悟道之心。你我之间犹如疏广与疏受叔侄一般，不用语言交流也能懂得彼此的内心。

奉送从兄宰晋陵[1]

东郊暮草歇，千里夏云生。

立马愁将夕，看山独送行。

依微吴苑[2]树，迢递晋陵城。

慰此断行别[3]，邑人多颂声。

◇注释

[1] 晋陵：常州属县，今江苏省常州市，时韦应物从兄赴晋陵任县令。

[2] 吴苑：晋陵在春秋时期为吴地，吴王有游猎之所，名为长洲苑，在今苏州市西南。

[3] 断行别：指兄弟离别。断行，大雁在飞行中离群。

◇译文

傍晚，东郊的草已停止生长，千里晴空已有夏云飘浮。天色渐晚，我骑在马背上，心中满是离愁，看着远山独自为你送行。吴苑的树木已模糊不清，前往晋陵城的路如此遥远。希望此次我们兄弟离别之后，可以听见晋陵百姓对你的赞颂之声，这样便可宽慰我的心。

赋得[1]暮雨送李胄[2]

楚江微雨里，建业[3]暮钟时。
漠漠[4]帆来重，冥冥鸟去迟。
海门[5]深不见，浦树[6]远含滋[7]。
相送情无限，沾襟比散丝[8]。

◇注释

[1] 赋得：古人集会时，限定、指定的诗题，后来成为一种诗体，指即景赋诗。

[2] 李胄：一作“李曹”，生平不详，韦应物友人。

[3] 建业：今江苏省南京市。

[4] 漠漠：形容水汽氤氲的样子。

[5] 海门：长江的入海处。

[6] 浦树：水边的树。

[7] 滋：水汽。

[8] 散丝：细雨。

◇译文

傍晚时分，长江笼罩在细雨中，建邺城的晚钟已经响起。船帆在蒙蒙的水汽中显得更加沉重，昏暗中鸟儿缓缓地飞行。在苍茫的暮色中难以望见长江的入海口，水边的树林雾气蒙蒙。我在此与你道别，离别的情绪蔓延，泪水与雨水打湿了我的衣襟。

赋得沙际路送从叔象[1]

独树沙边人迹稀，欲行愁远暮钟时。

野泉几处侵应尽，不遇山僧知问谁。

◇注释

[1] 从叔象：未详。据《新唐书·宰相世系表》，韦氏逍遥公房有韦象先，是韦应物的上一辈。据傅璇琮《唐代诗人丛考·韦应物系年考证》，此处“从叔象”应指韦象先，诗题中缺了“先”字。

◇译文

沙地中人迹罕至，唯有孤零零的几棵树，我即将远行，又被晚钟勾起愁绪。野外的泉水侵蚀了路径，不知前路在何处，可惜没有山僧相遇，无人可解心中的疑惑。

感事[1]

霜雪皎素丝，何意坠墨池。

青苍犹可濯，黑色不可移。

女工再三叹，委弃当此时。

岁寒虽无褐[2]，机杼[3]谁肯施。

◇注释

[1] 感事：此诗疑为惋惜友人误入逆党而作，所指人事未详。

[2] 褐：粗布衣。

[3] 机杼：织布机。

◇译文

如霜雪一般洁白的素丝，为何会坠入墨池呢？深青色还可清洗干净，黑色便不可去除了。织布的女工再三叹息，只能在此时舍弃。寒冷的冬季虽没有粗布衣，但是谁愿意为你将丝织成布呢？

高陵书情寄三原卢少府

直方[1]难为进，守此微贱班[2]。

开卷不及顾，沉埋案牍间。

兵凶[3]久相践，赋徭岂得闲。

促戚[4]下[5]可哀，宽政身致患。

日夕思自退，出门望故山[6]。

君心倘如此，携手相与还。

◇注释

[1] 直方：形容为人处事正直耿介，公正端方。

[2] 微贱班：品级低微的官职。

[3] 兵凶：战争和天灾。

[4] 促戚：戚促，促迫。

[5] 下：下层臣民，百姓。

[6] 故山：故乡，家乡。

◇译文

由于我处事正直耿介，不愿意阿谀奉承，在仕途上一直难以升迁，只能担任这个品级低微的官职。展开书卷还来不及阅读，就要埋首于案牍中处理公务。百姓已经遭受战争与天灾的践踏很久了，还要承受繁重的徭役，怎么能有清闲的时刻呢？催逼百姓的赋税让我感觉如此悲哀，想要政令宽和、轻徭薄赋，又怕给自身带来祸患。我时刻都想着辞官退隐，出门时望向故乡的方向。如果你的心意也是如此，那就与我一起辞官归去吧。

观田家

微雨众卉[1]新，一雷惊蛰[2]始。
田家几日闲，耕种从此起。
丁壮俱在野，场圃[3]亦就理。
归来景[4]常晏[5]，饮犊[6]西涧水。
饥劬[7]不自苦，膏泽[8]且为喜。
仓禀无宿储[9]，徭役犹未已。
方惭不耕者[10]，禄食[11]出闾里[12]。

◇注释

[1] 卉：草的总称。

[2] 惊蛰：二十四节气之一，在农历二月。《礼记·月令·仲春之月》："是月也，日夜分，雷乃发声，始电。蛰虫咸动，启户始出。"

[3] 场圃：打谷场与菜园。

[4] 景：日光。

[5] 晏：晚。

[6] 犊：小牛。

[7] 饥劬：饥饿劳累。

[8] 膏泽：雨水。

[9] 宿储：积存的粮食。

[10] 不耕者：官吏。

[11] 禄食：俸禄。

[12] 闾里：民间，乡里。

◇译文

微雨过后，百草焕然一新，一声雷鸣，代表了惊蛰的来临。种田的人家能有几日清闲的时候呢，忙于耕种的日子就从惊蛰开始了。年轻力壮的劳力都在田野劳作，打谷场与菜园皆已打理好。从田间归来时常常天色已晚，还要让小牛在山涧边饮水。饥饿劳累的农人从不叫苦，一场如膏泽的雨水就让他们无比欣喜。粮仓中已经没有存粮了，而官府的徭役还没有结束。此时我这个不耕的人深感羞愧，官吏的俸禄都来自这些乡里的百姓。

寒食[1]

晴明寒食好，春园百卉开。
彩绳[2]拂花去，轻球[3]度阁来。
长歌[4]送落日，缓吹[5]逐残杯。
非关无烛罢，良为羁思催。

◇注释

[1] 寒食：寒食节，清明节的前一天或两天。根据传统，寒食节须禁烟火，只可吃冷食。

[2] 彩绳：秋千。

[3] 轻球：蹴鞠。

[4] 长歌：放声高歌。

[5] 缓吹：笛、箫等乐器的吹奏方式。

◇译文

寒食节这天天气晴好明朗，春天的园林中百花已经盛开。荡起秋千，拂落了娇艳的花朵，蹴鞠穿过楼阁而来。在放声歌唱时夕阳已西沉，在缓吹笛箫时，杯中酒已残。并非因为没有烛光停止游乐，只是因为思乡之情牵动了我的愁肠。

寒食寄京师诸弟

雨中禁火空斋冷，江上流莺[1]独坐听。

把酒看花想诸弟，杜陵[2]寒食草青青。

◇注释

[1] 流莺：飞来飞去的黄莺。

[2] 杜陵：地名，又名乐游原，位于今陕西省西安市东南，是韦应物兄弟居处所在。

◇译文

寒食禁火，又逢阴雨，书斋中显得更为冷清，我独自枯坐，听着江上黄莺在鸣唱。举起酒杯赏花，却更加想念诸弟，此刻的杜陵，应该是芳草青青。

行宽禅师院

北望极[1]长廊，斜扉映[2]丛竹。

亭午[3]一来寻，院幽僧亦独。

唯闻山鸟啼，爱此林下宿。

◇注释

[1] 极：尽头。

[2] 映：一作“掩”。

[3] 亭午：正午。

◇译文

向北望向长廊的尽头，斜斜的柴门掩映在竹丛之中。我正午时分来找禅师，清幽的院中僧人独自在里面。这里是如此静谧，只能听见山鸟的鸣叫声，我喜爱这隐居山林的生活。

淮上[1]喜会梁川故人

江汉[2]曾为客，相逢每醉还。
浮云[3]一别后，流水[4]十年间。
欢笑情如旧，萧疏[5]鬓已斑。
何因北[6]归去，淮上对[7]秋山。

◇注释

[1] 淮上：淮水边，今江苏省淮阴市一带。

[2] 江汉：长江汉水流域，指汉江。

[3] 浮云：指行踪不定。

[4] 流水：指时间如水一般流逝。

[5] 萧疏：稀疏。

[6] 北：一作“不”。

[7] 对：一作“有”。

◇译文

我们都曾客居江汉，每次相逢都会大醉而返。离别后，我们的行踪如浮云般漂泊不定，十年的岁月如流水般逝去。今日你我再次相见，欢声笑语依然如旧，而鬓发却已稀疏、斑白。为何我还不回归故里，或许是因为淮水边有我不舍的秋山。

淮上即事寄广陵亲故

前舟已眇眇[1]，欲渡谁相待？
秋山起暮钟，楚雨[2]连沧海[3]。
风波离思满，宿昔[4]容鬓改。
独鸟下东南，广陵何处在？

◇注释

[1] 眇眇：遥远、微小的样子。

[2] 楚雨：淮阴属楚地，故称楚雨。

[3] 沧海：指东海，淮阴东临大海。

[4] 宿昔：形容时间短暂。鲍照《拟古八首》：“宿昔改衣带，朝旦异容色。”

◇译文

前面的船已渐行渐远，我想要渡船过淮水，却错过了渡船，有谁会等我？远处的秋山上传来晚钟的声音，天空下起了雨，雨幕延伸到了海边。秋雨中，江面风波涌起，我的离愁别绪愈加浓烈，旦夕之间，我的面容已更加憔悴。一只孤独的鸟儿向东南飞去，而广陵又在何处呢？

淮上遇洛阳李主簿[1]

结茅[2]临古渡，卧见长淮[3]流。

窗里人将老，门前树已秋。

寒山独过雁，暮雨远来舟。

日夕逢归客[4]，那能忘旧游！

◇注释

[1] 李主簿：韦应物在洛阳任县丞时的同僚。

[2] 结茅：搭建茅屋。

[3] 长淮：淮水。

[4] 归客：指诗人自己。

◇译文

你在淮水边的古渡口结茅隐居，睡卧时也可以看见淮水奔流。窗内之人已逐渐衰老，秋日里，门前的树已经衰落。寒山间有离群的孤雁飞过，暮雨中有寂寞的远舟漂来。日暮时分，与北归的客人在此相逢，旧日的情谊如何能忘？

寄酬李博士永宁主簿叔厅见待

解鞍[1]先几日，款曲[2]见新诗。

定向公堂[3]醉，遥怜独去时。

叶沾寒雨落，钟度远山迟。

晨策[4]已云整[5]，当同林下期[6]。

◇注释

[1] 解鞍：卸下马鞍，指罢官闲居。

[2] 款曲：殷勤的心意，指诉说内心的情感。

[3] 公堂：官署的厅堂，此处指永宁主簿叔之厅堂。

[4] 晨策：早晨的车马。

[5] 整：整备。

[6] 林下期：归隐山林的约定。

◇译文

我比你早几日卸下车马，罢官闲居，将心中的情感都写进了诗里。我定会在永宁主簿叔之厅堂与你们开怀畅饮，你怜惜我独自离去，前往遥远的地方。天空下起了雨，冰凉的雨水打落了枝头的树叶，暮色降临，隐约有钟声越过远山传来。早晨听说车马已经准备停当，我应当与你约定一同归隐的日期。

寄恒璨[1]

心绝去来缘[2]，迹顺人间事。

独寻秋草径，夜宿寒山寺。

今日郡斋闲，思问楞伽字[3]。

◇注释

[1] 恒璨：滁州琅琊寺的僧人。

[2] 去来缘：往来的因缘，谓今生与来世的因缘。

[3] 楞伽字：泛指佛经文字。

◇译文

厌倦了尘世间前世与今生的因缘，人间之事便顺其自然吧。独自在秋草丛中寻找上山的小路，夜晚在清冷的山寺中留宿。今日郡斋中公务清闲，便想着来与你探讨佛经。

寄黄刘二尊师[1]

庐山两道士，各在一峰居。
矫掌[2]白云表，晞发[3]阳和[4]初。
清夜降真侣[5]，焚香满空虚[6]。
中有无为乐[7]，自然与世疏。
道尊不可屈[8]，符守[9]岂暇余。
高斋遥致敬，愿示一编书[10]。

◇注释

[1] 尊师：对道士的尊称。

[2] 矫掌：举手。

[3] 晞发：披散头发，使晾干。

[4] 阳和：春天的和暖之气。

[5] 真侣：仙人。

[6] 空虚：空中。

[7] 无为乐：道家认为顺应自然，无为而无不为，是天下之至乐。

[8] 不可屈：指两位尊师不能屈尊来访。

[9] 符守：指诗人的刺史身份。

[10] 一编书：指道书典籍。

◇译文

黄、刘两位尊师，分别居住在庐山两座不同的山峰。在白云之表举手，在和暖的春季之初散开头发晾干。仙人在清净的夜晚降临，空中满是檀香的香气。山中的生活顺应自然，无为而无不为，是天下至乐，自然与世俗疏远。两位尊师不可屈尊来访，我在官署又哪有闲暇前去拜访呢？只能在高斋之上远远地向你们致敬，愿向你们展示我的道书典籍。

寄李儋元锡[1]

去年花里逢君别，今日花开又一年。

世事茫茫难自料，春愁黯黯[2]独成眠。

身多疾病思田里[3]，邑[4]有流亡愧俸钱[5]。

闻道欲来相问讯，西楼[6]望月几回圆。

◇注释

[1] 李儋元锡：李儋，字元锡，今甘肃省武威市人，曾官至殿中侍御史，与韦应物是诗交好友。

[2] 黯黯：情绪黯淡低沉的样子。

[3] 田里：田园，故里。

[4] 邑：城邑，城镇，此处指韦应物管辖的苏州。

[5] 俸钱：俸禄，薪金。

[6] 西楼：又名观风楼，位于苏州。

◇译文

去年花开时节与你相逢，又匆匆离别，至今日花开又是一年。人世间的事情纷繁复杂，难以预料，我独自在这春日里满怀愁情，难以入眠。我体弱多病，思念故土，多想辞官归隐，可是治下的百姓流离失所，让我愧对国家的俸禄。听说你要来看我，我几次登上西楼翘首以盼，月儿已圆了数次，还未盼到你的到来。

寄全椒[1]山中道士

今朝郡斋[2]冷，忽念山中客。
涧底束荆薪[3]，归来煮白石[4]。
欲持一瓢酒，远慰风雨夕。
落叶满空山，何处寻行迹。

◇注释

[1] 全椒：今安徽省全椒县，唐代时属滁州。

[2] 郡斋：指滁州刺史官署中的斋舍。

[3] 荆薪：柴草。

[4] 煮白石：葛洪《神仙传·白石先生》："白石先生者，中黄丈人弟子也。尝煮白石为粮，因就白石山居，时人故号曰白石先生。"此处意为道士的生活非常清苦。

◇译文

今早的斋舍特别寒冷，忽然想念起全椒山中的道士。在这寒冷的天气中，你要去山间的溪边捡拾干柴，归来后还要煮食白石。我想要携一瓢酒，在这风雨交加的晚上去慰问你。可是满山的落叶掩盖了路径，茫茫空山，我到何处去寻找你的踪迹呢？

寄诸弟

建中四年十月三日，京师兵乱，自滁州间道遣使。明年兴元甲子岁五月九日使还作。

岁暮兵戈[1]乱京国，帛书间道[2]访存亡。
还信忽从天上落，唯知彼此泪千行。

◇注释

[1] 兵戈：战争。

[2] 间道：偏僻小道。

◇译文

建中四年十月三日，京师长安发生兵乱，诗人从滁州派遣使者从小道前往德宗所在的奉天。直到次年即兴元元年五月九日使者返回，诗人才得到亲人的消息，写下这首诗。

去年年底，战乱让京师长安大乱，我只能派使者持书信走小路探访你们的消息。如今回信忽然如同从天而降，得知亲人消息，彼此都不禁流下千行泪。

假中对雨呈县中僚友

却足[1]甘[2]为笑，闲居梦杜陵。
残莺[3]知夏浅[4]，社雨[5]报年登。
流麦[6]非关忘，收书独不能。
自然忧旷职[7]，缄此谢良朋。

◇注释

[1] 却足：跛足。韦应物当时患有足病，不良于行，因此自称“却足”。

[2] 甘：一作“堪”。

[3] 残莺：稀疏的黄莺声。

[4] 夏浅：入夏不久。

[5] 社雨：社日之雨。《岁时广记》卷十四引《提要录》：“社公、社母不食旧水，故社日必雨，谓之社翁雨。”社，一作“时”。

[6] 流麦：《后汉书·高凤传》：“少为书生，家以农亩为业，而专精诵读，昼夜不息。妻尝之田，曝麦于庭，令凤护鸡。时天暴雨，而凤持竿诵经，不觉潦水流麦。妻还怪问，凤方悟之。”

[7] 旷职：旷废公务。

◇译文

因足疾恐怕被笑话跛脚，所以我近日闲居在家，思念起故乡杜陵。窗外偶有稀疏的黄莺鸣声传来，我知道入夏不久，社日之雨预示着丰收之年。麦子被雨后的积水冲走，并非因为忘记，我无法晾书，是因为足疾无法独自完成。因病告假，却一直为旷废公务而忧虑愧疚，只能通过这首诗向僚友致歉。

简[1]卢陟[2]

可怜白雪[3]曲，未遇知音[4]人。

恓惶[5]戎旅下，蹉跎淮海滨。

涧树含朝雨，山鸟哢[6]余春。

我有一瓢酒，可以慰风尘。

◇注释

[1] 简：书信。

[2] 卢陟：韦应物的外甥。

[3] 白雪：古代用“阳春白雪”指代高雅的音乐或文学艺术作品。

[4] 知音：知己。

[5] 恓惶：同“栖惶”，烦恼不安的样子。

[6] 哢：鸟叫的声音。

◇译文

可惜这高雅的阳春白雪之曲，无法找到懂得欣赏它的知音。投身军旅后我烦恼不安，在淮海之滨虚度光阴。山涧的树林还沾着清晨的雨滴，山中的鸟儿在暮春中婉转歌唱。唯有一瓢美酒，可以抚慰我尘俗中的忧愁。

将往滁城恋新竹简崔都水示端

停车欲去绕丛竹，偏爱新筠[1]十数竿。
莫遣儿童触琼粉[2]，留待幽人[3]回日看。

◇注释

[1] 新筠：新竹。

[2] 琼粉：竹节上白色的粉末。

[3] 幽人：隐居之人，此处为诗人自指。

◇译文

停车后想去看一看那一丛竹林，我偏爱那十数竿新竹。不要让孩子们去触碰竹上的白粉，等我归来之后还要观赏。

将往江淮寄李十九儋

余自西京至，李又发河洛，同道不遇。

燕燕[1]东向来，文鹓[2]亦西飞。
如何不相见，羽翼[3]有高卑。
徘徊到河洛[4]，华屋[5]未及窥。
秋风飘我行，远与淮海[6]期。
回首隔烟雾，遥遥两相思。
阳春自当返，短翮[7]欲追随。

◇注释

[1] 燕燕：燕子，诗人以燕子自喻。

[2] 文鹓：鹓雏，传说中鸾凤之属的鸟，此处指李儋。《庄子·秋水》："南方有鸟，其名鹓雏。"

[3] 羽翼：飞翔。

[4] 河洛：洛阳，为黄河、洛水交汇处。

[5] 华屋：此处指李儋在洛阳的房屋。

[6] 淮海：指扬州。《尚书 · 禹贡》：“淮海惟扬州。”

[7] 短翮：鸟的短翅，此处意为小鸟，诗人自喻。

◇译文

我从长安前往扬州，你又出发前往洛阳，道路相同却未能相遇。

我与你犹如燕子与鹓雏，一个从东方而来，一个向西而去。为何你我不能相见呢？可能是因为我们飞翔的高度不同。你徘徊到河洛，还没来得及去看你的住处。我已伴着秋风离开，前往遥远的扬州。回首看身后一片苍茫的云烟，只能与你相隔两地，遥遥相思。来年春天我当返回，期待能跟随上你的脚步，与你相见。

经少林精舍[1]寄都邑亲友

息驾[2]依松岭，高阁一攀缘。
前瞻路已穷，既诣喜更[3]延。
出巘[4]听万籁[5]，入林濯[6]幽泉。
鸣钟生道心[7]，暮磬[8]空云烟。
独往虽暂适，多累[9]终见牵。
方思结茅地，归息[10]期暮年。

◇注释

[1] 少林精舍：少林寺。

[2] 息驾：停车。

[3] 更：却，反倒。

[4] 巘：山峰。

[5] 万籁：自然界发出的各种声响。

[6] 濯：洗。

[7] 道心：从道之心，清净之心。

[8] 磬：一作“鹤”。

[9] 累：为世俗事务所牵累。

[10] 归息：归隐。

◇译文

在高山边停下车驾，沿着山路向上攀登，登上了一座高阁。远望前方，山路仿佛已经穷尽，到达之后却惊喜地发现后面还有延续之路。来到山中，听自然万物发出的各种细微的声音，在林间，以幽深清凉之泉水清洗。听钟磬之声，心中生出了从道之意，傍晚的山间满目云烟。虽然独自前往，只作短暂停留，也感到很舒适，然而还是被太多世俗之事所牵累。只能期待着暮年时来此处结一间茅舍，归隐山林。

九日[1]

今朝把酒复惆怅，忆在杜陵田舍时。

明年九日知何处，世难[2]还家未有期。

◇注释

[1] 九日：指九月九日重阳节。

[2] 世难：指安禄山、史思明发动的安史之乱。

◇译文

今日举起酒杯，内心又是如此惆怅，回忆起当初在杜陵的田园时光。不知明年的重阳节我在何处漂泊，安史之乱后，归家团聚的日子遥遥无期了。

郡楼春燕

众乐杂军鞞[1]，高楼邀上客。

思逐花光[2]乱，赏余山景夕。

为郡访凋瘵[3]，守程[4]难损益。

聊假一杯欢，暂忘终日迫。

◇注释

[1] 鞞：古同“鼙”，军中乐鼓。

[2] 花光：花的色彩。

[3] 凋瘵：衰败，困乏。

[4] 守程：遵守法度。

◇译文

在高楼上邀请尊贵的客人宴饮，鼓乐齐奏。我欣赏着夕阳下的山景，思绪却随着缤纷的花色纷乱起来。治理州郡以来，百姓困苦，民生凋敝，而我却不能制订好的法度，难以改变现状。只好端起酒杯一饮而尽，暂时忘记终日困扰我的压力。

郡斋卧疾绝句[1]

香炉宿火灭，兰灯[2]宵影微。

秋斋独卧病，谁与覆寒衣。

◇注释

[1] 郡斋卧疾绝句：此诗为悼念亡妻所作。

[2] 兰灯：燃烧兰膏的灯。《楚辞·招魂》：“兰膏明烛，华容备些。”

◇译文

香炉中隔夜的火已灭，清寂的夜里，兰灯照出微弱的影子。秋日的郡斋中，你独自卧病在床，谁能为你盖被添衣呢？

郡斋雨中与诸文士燕集[1]

兵卫森画戟[2]，宴寝[3]凝清香[4]。
海上风雨至，逍遥池阁凉。
烦疴[5]近消散，嘉宾复满堂。
自惭居处崇[6]，未睹斯民康。
理会是非遣，性达形迹忘。
鲜肥属时禁[7]，蔬果幸见尝。
俯饮一杯酒，仰聆金玉章[8]。
神欢体自轻，意欲凌风翔。
吴中盛文史，群彦[9]今汪洋[10]。
方知大藩[11]地，岂曰财赋强。

◇注释

[1] 燕集：宴饮聚会。燕，通“宴”。

[2] 画戟：古代兵器名，长柄上有画饰，故称。唐代时，画戟可作为三品以上官员的仪仗。

[3] 宴寝：起居休息的场所。

[4] 清香：室内焚香。

[5] 烦疴：烦恼。疴，病。

[6] 居处崇：居住之处宏丽，指身处刺史之高位。

[7] 鲜肥属时禁：当时禁止屠宰牲畜，因此不可食用荤腥。

[8] 金玉章：美好的诗章。

[9] 群彦：众多有才的文士。

[10] 汪洋：众多。

[11] 大藩：大的州郡，此处指苏州。

◇译文

郡斋的门前林立着手持画戟的兵卫，室内的香炉轻烟袅袅，散发出清幽的香味。有风雨从海上而来，郡斋的池塘与楼阁变得凉爽起来。没有了闷热的烦恼，宾客们齐聚一堂。身居刺史之要职，却没有让百姓过上平安富足的生活，让我非常惭愧。这次宴请正值禁止屠宰牲畜之时，不可食用荤腥，好在还有蔬菜水果供君品尝。我低头饮一杯香醇的美酒，聆听着座中文士优美的诗章。我的精神愉悦，身体也跟着放松起来，思想想要凌风飞翔。苏州不愧是一个文史兴盛之地，有才的贤士多如汪洋。这才知道苏州之兴盛，不仅在于物产丰富，更在于人才济济。

郡中对雨赠元锡兼简杨凌

宿雨冒[1]空山，空城响秋叶。
沉沉暮色至，凄凄凉气入。
萧条林表[2]散，的砾[3]荷上集。
夜雾着衣重，新苔侵履湿。
遇兹端忧[4]日，赖与嘉宾接。

◇注释

[1] 冒：覆盖。

[2] 林表：林梢。

[3] 的砾：光彩鲜明的样子。

[4] 端忧：深重的忧思。

◇**译文**

经夜的雨水覆盖了整座空山，空城中到处是雨打秋夜的声音。暮色已渐渐深沉，城中侵入寒凉的空气。雨水在萧条的林梢被打散，在鲜艳的荷叶上聚集。雨夜中，雾气沾湿了衣衫，路上的新苔浸湿了鞋子。在这个充满忧思的日子相逢，皆依靠与贵客之间的情谊。

蓝岭[1]精舍[2]

石壁精舍高，排云[3]聊直上。
佳游惬始愿[4]，忘险得前赏。
崖倾景[5]方晦[6]，谷转川如掌。
绿林含萧条，飞阁起弘敞[7]。
道人[8]上方[9]至，清夜还独往。
日落群山阴，天秋百泉响。
所嗟累[10]已成，安得长偃仰[11]！

◇注释

[1] 蓝岭：蓝田山，位于今陕西省蓝田县东南二十里。

[2] 精舍：佛寺。

[3] 排云：高耸入云。

[4] 始愿：夙愿。

[5] 景：日光。

[6] 晦：昏暗，暗淡。

[7] 弘敞：宏大宽敞。

[8] 道人：指僧人。

[9] 上方：寺庙中住持居住的房间，借指佛寺。

[10] 累：世俗的羁绊。

[11] 偃仰：自由自在地生活。《诗经·小雅·北山》：“或栖迟偃仰，或王事鞅掌。”

◇译文

石壁上的佛寺如此之高，仿若耸入青云之上。惬意地游览蓝岭是我最初的夙愿，我忘记了险峻前来游赏。山崖高斜，山下的日光或明或暗，转过山谷终于看到了如掌般大小的平川。寺庙中郁郁葱葱的树木苍老静默，飞阁楼台宏大宽敞。僧人从佛寺中来，在清冷的夜晚独来独往。日落时分，群山隐没在阴云之中，秋雨过后，山间处处有泉水的回响。嗟叹此身已有世俗的羁绊，又怎么能够自由自在生活呢？

立夏日忆京师诸弟

改序[1]念芳辰[2]，烦襟倦日永[3]。
夏木已成阴，公门昼恒[4]静。
长风始飘阁，叠云才吐岭。
坐想离居人[5]，还当惜徂景[6]。

◇注释

[1] 改序：季节变换。

[2] 芳辰：美好的时光，多指春季。

[3] 日永：白天漫长。

[4] 恒：经常。

[5] 离居人：指京师诸弟。

[6] 徂景：一作“光景”。

◇**译文**

季节变更后又开始想念美好的春光，胸中烦闷，厌倦这漫长的白天。夏日的树木已经枝叶繁茂，衙门的白天一向安静。远风已经在高阁上吹拂，层层叠叠的云朵在山岭间若隐若现。我想念着与我分隔两地的兄弟们，还应当珍惜眼前的光景。

留别洛京亲友

握手出都门，驾言[1]适京师。
岂不怀旧庐，惆怅与子辞。
丽日坐高阁，清觞[2]宴华池。
昨游倏[3]已过，后遇良未知。
念结路方永[4]，岁阴[5]野无晖。
单车我当前[6]，暮雪子独归。
临流[7]一相望，零泪忽沾衣。

◇注释

[1] 驾言：出游，出行。

[2] 清觞：美酒。

[3] 倏：忽然，极快地。

[4] 永：长，远。

[5] 岁阴：岁暮。

[6] 前：一作“去”。

[7] 临流：一作“渐遥”。

◇译文

与你握着手走出了东都城门，即将前往京师。怎么会不怀念旧日的房屋呢，与你辞别让我的内心十分惆怅。当初我们在晴朗的日子里坐在高阁上，在景色秀丽的池边设宴饮酒。曾经欢乐的游玩时光过去得如此之快，将来的际遇如何还都是未知。无数的念头凝结于心，而前路还长，岁暮时的野外已没有了光亮。我坐于车中独自前行，傍晚时分天空飘起了雪，你独自归去。在河水边回首相望，眼泪已沾湿了衣衫。

暮相思

朝出自不还，暮归花尽发。
岂无终日会，惜此花间月。
空馆忽相思，微钟坐来[1]歇。

◇注释

[1] 来：一作“未”。

◇译文

早晨出发后，花还未开放，傍晚归来时，花却都开了。难道没有整日相会吗？可惜辜负了这花间月的良辰美景。在空旷的馆舍中忽起相思之心，远处传来隐隐约约的钟声。

南塘泛舟会元六昆季

端居[1]倦时燠[2]，轻舟泛回塘。
微风飘襟散，横吹[3]绕林长。
云澹水容[4]夕，雨微荷气凉。
一写悁勤意[5]，宁用诉[6]华觞。

◇注释

[1] 端居：闲居。

[2] 燠（yù）：热，暖。

[3] 横吹：乐器名，横笛。

[4] 水容：水流的态势。

[5] 悁勤意：一作“川上意”。悁勤，忧愁，忧虑。

[6] 诉：一作“计”。

◇译文

闲居在家，夏日的暑热让人觉得困倦，于是我们来到曲折的池塘上泛舟。微风吹过，将胸前的衣襟吹得飘飞起来，吹起横笛，悠扬的乐声在林间环绕，飘出很远。傍晚时分，水流动荡如天上的行云，一场微雨过后，传来荷花清凉的香气。此时，我心中的忧愁一扫而空，哪里需要向美酒倾诉呢？

陪元侍御春游

何处醉春风，长安西复东。
不因俱罢职，岂得此时同。
贳酒[1]宣平里[2]，寻芳下苑[3]中。
往来杨柳陌，犹避昔年骢。

◇注释

[1] 贳酒：赊酒。

[2] 宣平里：长安城坊里名。

[3] 下苑：指汉代的宜春下苑，唐代时称曲江池。

◇译文

何处的春风令人沉醉，长安城各处皆是美景。如果不是你我皆罢官闲居，又哪来的闲暇时光一同在此游览呢？在宣平里赊酒，在曲江池游赏美景。往来于道旁种着杨柳的路上，还要回避昔日御史乘坐的马。

期卢嵩枉书称日暮无马不赴以诗答

佳期不可失，终愿枉[1]衡门[2]。
南陌人犹度，西林日未昏。
庭前空倚杖，花里独留樽。
莫道无来驾，知君有短辕[3]。

◇注释

[1] 枉：枉顾，指对方屈尊来访。

[2] 衡门：横木为门，指房屋简陋。

[3] 短辕：牛车或简陋的小车。

◇译文

美好的约定请不要失约，最终我还是希望你能屈尊来访我这简陋的房屋。南边的小路还有人来往，夕阳尚未西沉，西边的树林还未昏暗。我在庭院间拄杖等候，花间还留着香醇的美酒。不要说没有马前来，我知道你还有一辆牛车。

秋夜

暗窗凉叶动，秋天[1]寝席单。
忧人半夜起，明月在林端。
一与清景遇，每忆平生欢。
如何方恻怆[2]，披衣露更[3]寒。

◇注释

[1] 秋天：一作“秋斋”。

[2] 恻怆：哀伤。

[3] 更：一作“转”。

◇译文

幽暗的窗外，清冷的秋风吹动了树叶，秋天，床上的席子已显单薄。忧愁的人难以入眠，索性半夜起床，看明月高挂在林端。每次看到这样清丽的景色，都会回忆起平生中欢乐的往事。为何方才心中如此哀伤，更深露重，披上衣衫，却感到更加寒冷。

秋夜寄丘二十二员外[1]

怀君属[2]秋夜，散步咏凉天。
山空松子落，幽人[3]应未眠。

◇注释

[1] 丘二十二员外：丘丹，今浙江省嘉兴市人，曾任尚书郎，后隐居临平山。

[2] 属：适逢，正当。

[3] 幽人：退隐山林幽居的人，此处指丘丹。

◇译文

正当这秋夜，我怀念着你，一边散步，一边慨叹天气渐凉。在这寂静的空山中，听见松子掉落的声音，想必幽居山林的你应该还未入睡吧。

秋夜一绝

高阁渐凝露，凉叶稍飘闱[1]。

忆在南宫[2]直[3]，夜长钟漏稀[4]。

◇注释

[1] 闱：宫室、宗庙旁侧的小门。

[2] 南宫：尚书省。

[3] 直：值班。《唐会要》卷八二："尚书省官，每一日一人宿直，都司执直簿转以为次。"

[4] 钟漏稀：形容时间过得很慢。

◇译文

高大的阁楼上已渐渐凝结了露珠，秋夜渐凉，树上的落叶飘进了宫殿的小门。回想起当初在尚书省值班的日子，那时的夜是那样长，仿佛漏壶都滴得尤其慢。

趋府候晓呈两县僚友[1]

趋府不遑安[2]，中宵[3]出户看。
满天星尚在，近壁烛仍[4]残。
立马频惊曙，垂帘却避寒。
可怜同宦者，应[5]悟下流[6]难。

◇注释

[1] 此诗为永泰元年（765）所作，当时韦应物任洛阳丞。趋府，趋赴公府，拜见长官。府，河南府。两县，洛阳县与河南县，二县皆属河南府管辖。

[2] 遑安：安逸，安闲。

[3] 中宵：半夜。

[4] 仍：一作“犹”。

[5] 应：一作“始”。

[6] 下流：比喻官职、地位卑微。

◇译文

即将赴公府，拜见长官，我的内心一刻也不得安闲，半夜便已起床出门看。夜空中尚有繁星密布，而墙边仍有烛光残影。骑马来到公府，立马之声惊破了黎明的寂静，和同僚们放下帘幕以躲避清晨的寒气。可怜我们同为职位低微的官员，应该都明白地位低下的艰难。

任鄠令渼陂游眺

野水滟长塘，烟花乱晴日。

氤氲[1]绿树多，苍翠千山出。

游鱼时可见，新荷尚未密。

屡往心独闲，恨无理人[2]术。

◇注释

[1] 氤氲：云烟弥漫的样子。

[2] 理人：治理百姓。

◇译文

长长的池塘中水面波光粼粼，在这晴朗的日子里，灿烂的繁花迷乱了人们的双眼。云烟弥漫间绿树成荫，苍翠的山峦连绵叠嶂。时常可以看见水中有鱼儿游过，池中已长出稀疏的新荷。我常常来到这里，让心中得到片刻安闲，只是遗憾没有治理百姓的良策。

示从子河南尉班[1] 并序

永泰中，余任洛阳丞，以扑抶[2]军骑。时从子河南尉班，亦以刚直为政，俱见讼[3]于居守[4]，因诗示意。府县好我者[5]，岂旷斯文。

拙直[6]余恒守，公方[7]尔所存[8]。
同占朱鸟克[9]，俱起小人言。
立政[10]思悬棒，谋身[11]类触藩[12]。
不能林下去[13]，只恋府廷[14]恩。

◇注释

[1] 河南尉班：韦班，韦应物的侄子，时任河南尉。

[2] 扑抶：鞭打。

[3] 见讼：被控告。

[4] 居守：留守，指皇帝离开都城时，在都城所设的最高军政长官，此处指东都留守，由于皇帝在长安，因此东都洛阳常置留守。

[5] 好我者：与我交好的同僚。

[6] 拙直：愚直。

[7] 公方：公正方直。

[8] 存：寄托、抱负、理想。

[9] 占朱鸟克：我国古代星象家将犯小人口舌称为“占朱鸟克”。

[10] 立政：树立政令的威信。

[11] 谋身：为自身打算。

[12] 类触藩：《周易·大庄》：“羝羊触藩，羸其角。不能退，不能遂。”意为进退两难。

[13] 林下去：归隐山林。

[14] 府廷：指当时的河南府尹。

◇译文

永泰年间，我任洛阳丞，因为鞭打惩罚不法军士，当时侄子韦班为河南尉，也因为政刚直，皆被人向东都留守投诉。我以诗表达我的心意，府县中与我交好的同僚，也将有所唱和。

我一向秉持着愚直的个性，你一直寄托着公正方直的精神。你我同时犯小人口舌。树立政令的威信应如在门上悬挂五色棒，法令严明，为自身打算就会如羊角卡在篱笆中，进退两难。我不能归隐山林，只是因为留恋河南府尹的恩情。

寺居独夜寄崔主簿

幽人[1]寂不寐，木叶纷纷落。
寒雨暗深更[2]，流萤度高阁。
坐使青灯[3]晓，还伤夏衣薄。
宁知[4]岁方晏[5]，离居[6]更萧索[7]。

◇注释

[1] 幽人：幽居之人，此处为诗人自指。

[2] 深更：深夜。

[3] 青灯：光线青荧的油灯。

[4] 宁知：岂知。

[5] 晏：晚。

[6] 离居：独居，离群索居。

[7] 萧索：萧条寂寞。

◇译文

我幽居此处孤独寂寞难以入眠，窗外树叶纷纷飘落。深夜的雨让天空更黑暗，高阁上有点点流萤在飞动。昏暗的青灯伴着我一直枯坐到天亮，清冷的空气让夏衣显得更加单薄。岂知暮年的岁月里，离群索居的生活让我更感萧条寂寞。

送别覃孝廉

思亲自当去，不第[1]未蹉跎。
家住青山下，门前芳草多。
秭归[2]通远徼[3]，巫峡注惊波。
州举[4]年年事，还期复几何。

◇注释

[1] 不第：科举考试落第。

[2] 秭归：县名，今属湖北省。

[3] 远徼：偏远的边境。

[4] 州举：州郡荐举人才。

◇译文

思念亲人自当离别返乡，尽管此次孝廉科落第，但你并没有浪费光阴。你住在青山之下，门前有众多的芳草。秭归县通往偏远的边境，惊险的巨浪灌入巫峡。州郡年年都要举荐人才，你归来的时期不会太久。

送李儋

别离何从生，乃在亲爱中。

反念行路子，拂衣[1]自西东[2]。

日昃[3]不留宴，严车[4]出崇墉[5]。

行游[6]非所乐，端忧[7]道未通。

春[8]野百卉发，清川思无穷。

芳时坐离散，世事谁可同。

归当掩重关[9]，默默想音容。

◇注释

[1] 拂衣：提起衣襟。

[2] 西东：离去。

[3] 日昃：太阳西斜。

[4] 严车：整备车马。

[5] 崇墉：高墙，高城。

[6] 游：一作“役”。

[7] 忧：一作“处”。

[8] 春：一作“丰”。

[9] 重关：两道闭门的横木。

◇译文

离别的愁绪从何而来，只因亲爱的朋友就要离去。想到即将远行的人，提起衣襟就要离去。太阳已西斜，无法将你留下宴饮，整备好车马就要走出高高的城墙。出行并非高兴之事，还为道路是否通畅而十分忧虑。春天的野外百花已经开放，思念如清澈的河水般连绵没有尽头。在这芳菲时节与你分别，世间谁与我们的遭遇相同。归来之后，我关上了两道闭门的横木，默默地怀念你的音容笑貌。

送渑池崔主簿

邑带洛阳道[1]，年年应此行。

当时匹马客，今日县人迎。

暮雨投关郡[2]，春风[3]别帝城。

东西[4]殊不远，朝夕待佳声[5]。

◇注释

[1] 洛阳道：渑池位于长安与洛阳之间的交通要道上。

[2] 关郡：指潼关，从长安前往渑池需经过华州，境内有潼关。

[3] 春风：既是对景色的描写，又有春风得意之意。

[4] 东西：指东都洛阳与西京长安，崔主簿在洛阳，韦应物在长安。

[5] 佳声：好消息。

◇译文

渑池县在洛阳与长安之间的交通要道上，你年年都会经过此地来长安应举。当初来时是单枪匹马独自一人，如今前去赴任，县中百姓皆出迎。黄昏时分下起了雨，你前往关郡投宿，天晴后，春风和暖，你再次出发，离开了都城。我与你一东一西相隔不远，我时刻都在等着你的好消息。

送五经[1]赵随登科授广德尉

明经[2]有清秩[3]，当在石渠[4]中。
独往宣城郡，高斋谒[5]谢公[6]。
寒原正芜漫[7]，夕鸟自西东。
秋日不堪别，凄凄多朔风[8]。

◇注释

[1] 五经：唐代科举考试中明经考试科目之一。

[2] 明经：唐代的科举考试科目之一。

[3] 清秩：指清要之官。

[4] 石渠：西汉皇家藏书的地方，此处代指秘书省。

[5] 谒：拜见。

[6] 谢公：指谢朓，此处借指当时的宣州刺史。

[7] 芜漫：荒凉，荒芜。漫，一作“没”。

[8] 秋日不堪别，凄凄多朔风：《诗经·小雅·四月》：“秋日凄凄，百卉具腓。”王赞《杂诗》：“朔风动秋草，边马有归心。”

◇译文

明经考试中举者可担任清要之官，这样的官职应当在秘书省中。而你却独自前往宣城郡，去高雅的书斋中拜见宣州刺史。寒冷的原野已渐渐荒凉，傍晚的鸟儿已经离开，返回巢穴。萧瑟的秋日不堪离别，北风凄凄，你何日才能归来。

送杨氏女[1]

永日[2]方戚戚[3]，出行复悠悠[4]。
女子[5]今有行，大江[6]溯轻舟。
尔辈况无恃[7]，抚念益慈柔。
幼为长所育[8]，两别泣不休。
对此结中肠，义往[9]难复留。
自小阙内训[10]，事姑[11]贻我忧。
赖兹托令门[12]，仁恤[13]庶无尤[14]。
贫俭诚所尚，资从[15]岂待周[16]。
孝恭遵妇道，容止[17]顺其猷[18]。
别离在今晨，见尔当何秋[19]。
居闲始自遣，临感[20]忽难收。
归来视幼女，零泪缘缨[21]流。

◇注释

[1] 杨氏女：嫁到杨家的女儿。韦应物妻子早逝，留下两个女儿，皆由他抚育成人，此文为长女出嫁杨氏所作。

[2] 永日：终日。

[3] 戚戚：悲戚、忧伤的样子。

[4] 悠悠：忧思的样子。

[5] 女子：女儿。

[6] 大江：长江。

[7] 无恃：没有依靠，指失去母亲。《诗经·小雅·蓼莪》："无父何怙，无母何恃。"

[8] 幼为长所育：作者自注"幼女为杨氏所育"，幼女是由长姐抚育长大。

[9] 义往：女大当嫁。《礼记》："女子二十而嫁，义当往也。"

[10] 内训：母亲的教诲。

[11] 姑：婆母。

[12] 令门：有名望的好人家。

[13] 仁恤：仁慈体贴。

[14] 无尤：没有差错。

[15] 资从：陪嫁的嫁妆与随从。

[16] 周：齐备无缺。

[17] 容止：仪容举止。

[18] 猷：规矩。

[19] 何秋：何年。

[20] 临感：临别时的感伤。

[21] 缨：系冠的带子。

◇译文

我整日里心中满怀忧愁，出门走走依然忧思难收。我的女儿今天就要出嫁，乘船沿着长江逆流而上。可怜你们自幼失去母亲，因此我抚育你们就更加慈祥温柔。幼女自小由姐姐抚养长大，如今姐妹分别，两人哭泣不休。面对此情景我的心中也愁肠难解，自古女大当嫁无法再留。女儿从小缺少母亲的教诲，能否侍奉好婆母让我心中担忧。好在你嫁的是一个好人家，他们仁慈体贴应该没有差错。我一向崇尚安贫节俭，嫁妆岂能做到齐备无缺。希望你做到孝顺恭敬遵从妇道，仪容举止符合规矩。今晨我们就要别离，不知何年才能再见到你。平日闲居时还能自我排遣，如今临别伤感的情绪一发难收。回到家中看到小女儿，眼泪沿着帽带止不住地流。

送元仓曹归广陵

官闲得去住[1]，告别恋音徽[2]。
旧国[3]应无业[4]，他乡到[5]是归。
楚山明月满，淮甸[6]夜钟微。
何处孤舟泊？遥遥心曲违。

◇注释

[1] 去住：去留。

[2] 音徽：音容。

[3] 旧国：故乡。

[4] 业：产业。

[5] 到：同“倒”，反而。

[6] 淮甸：淮河流域。

◇译文

官事清闲终于可以离去，告别友人留恋的音容。你在故乡应该没有产业，在他乡反而犹如回家。楚地的月亮正圆，淮河流域的夜晚传来微弱的钟声。如今你的孤舟停泊在何处？在千里之外内心充满离别的心事。

送张侍御秘书江左觐省[1]

莫叹都门[2]路，归无驷马车[3]。
绣衣[4]犹在箧，芸阁[5]已观书。
沃野收红稻，长江钓白鱼。
晨餐亦可荐[6]，名利欲何如。

◇注释

[1] 觐省：探望双亲。

[2] 都门：京师城门。

[3] 驷马车：由四匹马拉的车，只有高官显贵者才能乘坐。

[4] 绣衣：指侍御史的官服。《汉书·百官公卿表上》："侍御史有绣衣直指，出讨奸猾，治大狱。"

[5] 芸阁：指秘书省。

[6] 荐：进献。

◇译文

莫要感叹从京师城门出发的路上，归乡时没有四匹马驾的车乘坐。官服还在箱中，秘书省的文书已经阅览。肥沃的田野中红稻已丰收，闲暇时可以在长江钓白鱼。清晨向双亲进献早餐，名利与欲望又有何用呢？

送郑长源

少年一相见，飞辔[1]河洛间。
欢游不知罢，中路忽言还。
泠泠[2]鹍弦[3]哀，悄悄冬夜闲。
丈夫虽耿介[4]，远别多苦颜。
君行拜高堂，速驾难久攀。
鸡鸣俦侣[5]发，朔雪满河关。
须臾[6]在今夕，樽酌且循环。

◇注释

[1] 飞辔：策马疾驰。辔，马缰绳。

[2] 泠泠：形容声音清越。

[3] 鹍弦：用鹍鸡筋制成的琵琶弦，此处代指琵琶。

[4] 耿介：正直不阿。

[5] 俦侣：伴侣。

[6] 须臾：形容时间短暂。

◇译文

少年时期便与你相识，曾一起在洛阳一带策马疾驰。畅快欢游时不知疲惫，却在半路忽然说要离开。琵琶声清越哀婉，冬夜寂静清闲。大丈夫虽然正直不阿，远行离别时脸上也会露出愁苦的颜色。你离开时就要拜别父母，快速乘上车驾，无法久留。天明之前你就要和同伴们出发，北方的河流与关隘正积满白雪。在今晚短暂的时光里，暂且举杯畅饮几个循环吧！

送终

奄忽[1]逾时节，日月获其良[2]。

萧萧[3]车马悲，祖载[4]发中堂。

生平同此居，一旦异存亡。

斯须[5]亦何益？终复委山冈。

行出国南门，南望郁苍苍[6]。

日入乃云造[7]，恸哭宿风霜。

晨迁俯玄庐[8]，临诀但遑遑[9]。

方当永潜翳[10]，仰视[11]白日光。

俯仰邃终毕，封树[12]已荒凉。

独留不得还，欲去结中肠[13]。

童稚知所失，啼号捉我裳。

即事犹仓卒[14]，岁月始难忘。

◇注释

[1] 奄忽：倏忽，忽然。

[2] 日月获其良：指通过占卜得到宜下葬的日子。

[3] 萧萧：马嘶声。杜甫《兵车行》："车辚辚，马萧萧。"

[4] 祖载：古代在将葬之际，在柩载车上行祖祭之礼。《后汉书·蔡邕传》中，郑玄注曰："祖谓将葬祖祭于庭，载谓升柩于车也。"

[5] 斯须：一会儿，指时间短暂。

[6] 郁苍苍：形容树木苍翠茂盛的样子。

[7] 造：到达。

[8] 玄庐：墓穴。

[9] 遑遑：惊惶不安、茫然失措的样子。

[10] 潜翳：潜藏遮蔽，指埋葬地下。潘岳《悼亡诗》："奈何悼淑俪，仪容永潜翳。"

[11] 仰视：形容时间短暂。

[12] 封树：封土栽树，指墓地。

[13] 结中肠：内心郁结难解。

[14] 仓卒：仓促，匆忙。

◇译文

倏忽之间，时间已经过去，通过占卜选定了宜下葬的日子。车马的嘶鸣之声听起来是如此悲凉，在柩载车上行祖祭之礼后从中堂出发。本愿终身与你居住于此，谁知旦夕之间你我已天人永隔。多等待一会儿又有何益，最终还是要埋葬于山冈。灵柩行出了都城南门，向南远望，草木郁郁苍苍。日暮时分听说已到达了墓地，为旧日的风霜悲恸哀哭。清晨迁移至坟墓，到了诀别之际内心茫然凄惶。你将要永远埋葬于地下，无法再看到明亮的阳光。短暂的时间之后就已完毕，封土栽树之后，墓地变得荒凉。我独自留下不愿离去，欲要离开时内心纠葛、郁结难解。年幼的孩子知道已永远失去了母亲，捉住我的衣裳号啕大哭。眼前之事是如此仓促匆忙，而在漫长的岁月中始终难以忘怀。

叹杨花

空蒙不自定，况值暄风[1]度。

旧赏逐流年，新愁忽盈素。

才萦下苑曲，稍满东城路。

人意有悲欢，时芳[2]独如故。

◇注释

[1] 暄风：和风，春风。

[2] 时芳：应季节而开放的花。

◇译文

杨花本就空蒙迷茫无法安定，何况正值春风吹过。旧日美好的时光已如流水般逝去，新的愁绪忽然填满心怀。杨花缠绕着飘落曲江池，逐渐铺满了东城之路。人的心情有悲亦有欢，唯独应季节而开放的花依然如故。

听嘉陵江水声寄深上人[1]

凿崖泄奔湍，称古神禹迹[2]。

夜喧山门[3]店，独宿不安席[4]。

水性自云静，石中本无声。

如何两相激，雷转空山惊？

贻[5]之道门[6]旧[7]，了此物我情。

◇注释

[1] 上人：唐代对僧人的敬称。

[2] 神禹迹：大禹治水留下的遗迹。

[3] 山门：佛寺的大门。

[4] 安席：安睡。

[5] 贻：赠送。

[6] 道门：修道之门，此处指佛门。

[7] 旧：旧友，此处指深上人。

◇译文

凿开山崖让奔流的水飞泻，号称远古时代大禹治水的遗迹。夜晚在寺院旁的旅店可听见江水的喧腾声，独自住宿的我无法安睡。水的本性是安静的，石头原本也没有声音。为何二者相撞之后，发出的声音如雷鸣空山令人惊奇？我要将此问题送给佛门的旧友，与你探讨这物我之情。

同褒子秋斋独宿

山月皎[1]如烛，风霜时动竹。

夜半鸟惊栖，窗间人独宿。

◇注释

[1] 皎：明亮的样子。

◇译文

远山的月光如烛火般皎洁明亮，偶尔有萧瑟的秋风吹动竹林。深夜栖息的鸟儿时常被惊醒，窗内的我孤身一人难以入眠。

同德阁期元侍御李博士不至各投赠二首

庭树忽已暗，故人那不来。
只因厌烦暑，永日[1]坐霜台[2]。
官荣多所系，闲居亦愆期[3]。
高阁犹相望，青山欲暮时。

◇注释

[1] 永日：整日，终日。

[2] 霜台：御史台。

[3] 愆期：误期，失约。

◇译文

庭院中的树荫已渐渐昏暗，故人为何还没有来呢？只因厌烦夏日的酷热，整日在御史台中处理公务。官爵荣誉系于一身，公事缠身，闲居的时光只能一再延期。远方高大的楼阁与青山还可看见，日暮时分即将到来，我还在期待着你们的到来。

同德精舍[1]旧居伤怀

洛京十载[2]别，东林[3]访旧扉。

山河不可望，存没[4]意多违。

时迁迹尚在，同去独来归。

还见窗中鸽，日暮绕庭飞。

◇注释

[1] 同德精舍：韦应物在洛阳同德寺的旧居，诗人曾与妻子居住于此。

[2] 十载：大历八年（773），韦应物从洛阳前往长安，建中三年（782），前往滁州任刺史，途经洛阳，前后共十年。

[3] 东林：东林寺，位于九江庐山，此处泛指佛寺。

[4] 存没：生死。

◇译文

离开洛阳已经十年了，如今我又来到佛寺旧居故地重游。秀丽的山河已不可观望，生死皆是命中注定，岂是我自己能够决定的？时过境迁，旧日留下的痕迹还在，当初你我一同从这里出发，如今只有我独自归来。还可看见窗外的鸽子，日暮时分环绕着庭院盘旋。

途中书情寄沣上两弟因送二甥却还

华簪[1]岂足恋，幽林徒自违。

遥知别后意，寂寞掩郊扉。

回首昆池[2]上，更羡尔同归。

◇注释

[1] 华簪：华丽的冠簪，代指显贵的官职。

[2] 昆池：指昆明池，为汉武帝在长安近郊所凿。此处指韦应物在沣上善福精舍附近的陂池。

◇译文

显贵的官职岂会让我留恋，却违背了自己想要隐居幽林的意愿。遥知你们有归隐的心意后，我寂寞地关上郊外的柴门。回忆当初我们在沣上的日子，更加羡慕你们可以一同归隐。

闻雁

故园眇[1]何处？归思方悠哉。

淮南秋雨夜，高斋[2]闻雁来。

◇注释

[1] 眇：细看。

[2] 高斋：书房的雅称。

◇译文

故园遥远，我细细找寻，不知在何处，思归的情绪漫上心头，无穷无尽。淮南的夜秋雨绵绵，我独坐书斋，听阵阵北来的雁声。

夕次[1]盱眙县

落帆[2]逗淮镇[3]，停舫[4]临孤驿[5]。
浩浩风起波，冥冥日沉夕。
人归山郭暗，雁下芦洲白。
独夜忆秦关[6]，听钟未眠客[7]。

◇注释

[1] 夕次：晚上停留。

[2] 落帆：降下船帆，指船停泊。

[3] 淮镇：淮水旁的城镇，指盱眙。

[4] 舫：船。

[5] 驿：驿站，传递文书的人员中途休息、换马的处所。

[6] 秦关：以长安为中心的关中平原，此处指诗人的家乡。

[7] 客：诗人自称。

◇译文

降下船帆，停留在淮水边的盱眙，将小船停靠在孤零零的驿站。浩瀚的江面上翻起阵阵风浪，夕阳西沉，暮色苍茫。昏暗的山城里，人们皆已归家，大雁也停落在水边白色的芦苇丛中。在这孤独的夜晚，我回忆起家乡长安，听着远处的钟声难以入眠。

西楼

高阁一长望[1]，故园何日归。

烟尘[2]拥[3]函谷，秋雁过来稀。

◇注释

[1] 长望：远望。

[2] 烟尘：尘埃，此处代指战争。

[3] 拥：一作“在”。

◇译文

在高高的楼阁上向远处眺望，什么时候才能回到故园。战火笼罩了函谷关，连过往的秋雁都变得稀少了。

西塞山[1]

势[2]从千里奔，直入江中断。

岚[3]横秋塞雄，地束[4]惊流满。

◇注释

[1] 西塞山：在湖北大冶东。《舆地纪胜》：“西塞山在武昌东百三十里，介大冶于两山之间，为关塞也。”

[2] 势：山势。

[3] 岚：山中的雾气。

[4] 束：狭窄。

◇译文

西塞山山势耸峭，连绵千里，被浩荡的长江截断。秋季，山中雾气横绕，西山看起来更加雄伟，狭窄的山谷处，水流更加湍急，奔腾向前。

喜园中茶生

洁性不可污，为饮涤尘烦。
此物信[1]灵味[2]，本自出山原。
聊因理郡余，率尔[3]植荒园。
喜随众草长，得与幽人[4]言。

◇注释

[1] 信：的确，确实。

[2] 灵味：美味。

[3] 率尔：随意。

[4] 幽人：隐士，此处指诗人自己。

◇译文

茶叶品行高洁，不为尘俗污染，饮茶可洗去尘世的烦恼。此物之所以如此美味，是因为它来自清新洁净的山原。我在治理郡务之余的闲暇时间，随意将茶叶种植于荒园中。让我欣喜的是它已随着众草长大，可以与我诉说心事了。

夏花明

夏条[1]绿已密，朱萼[2]缀[3]明鲜。

炎炎[4]日正午，灼灼[5]火俱燃。

翻风适[6]自乱，照水复成妍[7]。

归视窗间字，荧煌[8]满眼前。

◇注释

[1] 夏条：夏天树木的枝条。

[2] 朱萼：红色的花朵。

[3] 缀：点缀。

[4] 炎炎：极热的样子。

[5] 灼灼：鲜明光亮的样子。

[6] 适：才。

[7] 妍：美丽，美好。

[8] 荧煌：明亮夺目。

◇译文

夏天树木的枝条十分茂密，绿意盎然。红色的花朵点缀在上面，显得明亮鲜艳。正午时分，烈日炎炎，灼灼的花朵鲜红得像火在燃烧一样。当风吹过，花叶翻卷凌乱，映照在水面，又是如此明艳动人。我归来后看着窗间的字，满眼皆是明亮的颜色。

夏夜忆卢嵩

霭霭[1]高馆暮，开轩涤烦襟[2]。
不知湘雨来，潇洒在幽林[3]。
炎月[4]得凉夜，芳樽谁与斟。
故人南北居，累月间[5]徽音[6]。
人生无闲日，欢会当在今。
反侧[7]候天旦，层城[8]苦沉沉。

◇注释

[1] 霭霭：云雾密集的样子。

[2] 烦襟：胸中的烦闷。

[3] 不知湘雨来，潇洒在幽林：一作“不知微萧洒，山鸟鸣幽林”。湘雨，暴雨。《山海经·洞庭山》：“帝之二女居之，是常游于江渊。澧沅之风，交潇湘之渊，是在九江之间，出入必以飘风暴雨。”

[4] 炎月：暑月，夏月。

[5] 间：隔绝，阻隔。

[6] 徽音：音讯。

[7] 反侧：辗转难眠。

[8] 层城：神话中昆仑山上的高城，此处指京师。

◇译文

傍晚时分，高大的馆舍外云烟浓密，我打开窗户，涤除心中的烦闷。不知有暴雨将来，大雨急骤地洒在幽深的树林之中。在这炎热的夏月得此清凉之夜，该与谁举杯共饮呢？故人与我南北相隔，数月来已音讯隔绝。人生中没有多少清闲的日子，像今天这样的时光正适合欢聚。我辗转反侧难以入眠，等待着天亮，只苦于京城中夜色沉沉，久未破晓。

夏至避暑北池

昼晷[1]已云极，宵漏[2]自此长。
未及施政教，所忧变炎凉。
公门日多暇[3]，是月农稍忙。
高居念田里，苦热安可当。
亭午[4]息群物，独游爱方塘。
门闭阴寂寂，城高树苍苍。
绿筠[5]尚含粉，圆荷始散芳。
于焉洒烦抱[6]，可以对华觞[7]。

◇注释

[1] 晷：利用太阳的影子测量时间的工具。

[2] 漏：古代利用铜壶滴水计时的工具。

[3] 暇：空闲的时间。

[4] 亭午：正午。

[5] 筠：竹子的青皮，此处指竹子。

[6] 洒烦抱：洗涤心中的烦恼。

[7] 华觞：华丽的酒器。

◇译文

夏至这天，日晷所测白天的时间已经到达了极限，漏壶计量的夜晚的时间从此逐渐变长。还没有来得及实施政教政策，就已开始忧心天气的冷热交替了。公门中空闲的时间很多，这个月的农事稍忙。居于高位依然挂念田间农人，如此酷热怎么能够抵挡。正午时分停止了所有的公务，我独爱去池塘边游玩。城门紧闭，绿荫下寂静无声，城墙高耸，树木苍翠茂盛。绿竹上还有白色的粉末，池中的荷花已经开始散发出阵阵清香。在这里我洗涤了心中的烦忧，可以举起酒杯开怀畅饮。

闲居寄端[1]及重阳[2]

山明野寺曙钟微，雪满幽林人迹稀。

闲居寥落[3]生高兴[4]，无事风尘独不归。

◇注释

[1] 端：韦端，韦应物的从弟。

[2] 重阳：崔播，韦应物的外甥。

[3] 寥落：寂寥，冷落。

[4] 高兴：雅兴。

◇译文

清晨时分，山色渐明，远处传来郊外寺院若有若无的钟声。大雪铺满了幽静的树林，路上人迹罕至。我闲居在这冷清之地，却生出闲情雅兴，如果没有他事缠身，绝不想回到红尘俗世中去。

闲居寄诸弟

秋草生庭白露[1]时，故园诸弟益相思。

尽日高斋[2]无一事，芭蕉[3]叶上独题诗。

◇注释

[1] 白露：二十四节气之一，在农历八月。

[2] 高斋：指郡斋，诗人的居处。

[3] 芭蕉：一种多年生草本植物，果实与香蕉相似，叶子大可写字。明代陶宗仪《说郛》卷六一引《清异录》："怀素居零陵庵，东郊植芭蕉，亘带数亩，取叶代纸而书。号其居所曰'绿天'，庵曰'种纸'。"

◇译文

白露时节，秋草生满庭院，我更加思念故乡的诸位弟弟。整日在郡斋闲居无事，只能独自在芭蕉叶上题诗自遣。

晓至园中忆诸弟崔都水

山郭[1]恒悄悄[2]，林月亦娟娟[3]。

景清神已澄[4]，事简虑绝牵。

秋塘遍衰草，晓露洗红莲。

不见心所爱[5]，兹赏岂为妍。

◇注释

[1] 山郭：山城，此处指滁州。此诗作于建中四年（783），当时韦应物在滁州。

[2] 悄悄：寂静的样子。

[3] 娟娟：美好的样子。

[4] 澄：一作“谧”。

[5] 心所爱：指诸弟崔都水。

◇**译文**

清晨的滁州城总是静悄悄的，园中的树林与明月是那样美好。景色清丽，我的神思也很清晰，公务省易，我所担心忧虑的事情也没有了。秋季的池塘边皆是衰败的野草，清晨的露水清洗了娇艳的红莲花。见不到我亲爱的兄弟好友，观赏这美丽的风景也是徒然。

效陶彭泽[1]

霜露悴[2]百草，时菊独妍华。

物性有如此，寒暑其奈何。

掇英[3]泛[4]浊醪[5]，日入[6]会田家。

尽醉茅檐下，一生岂在多。

◇注释

[1] 陶彭泽：陶渊明最后一次出仕为彭泽县令，后归隐山林，故称“陶彭泽”。

[2] 悴：凋敝。

[3] 掇英：摘花。英，花。

[4] 泛：浸泡。

[5] 浊醪：浊酒。

[6] 日入：太阳落下。

◇**译文**

秋季的霜与露水令百草凋敝，唯有时令的菊花独自鲜艳美好。自然中万物的天性就是如此，不会因为寒暑而发生变化。将菊花摘下浸泡在浊酒中，待太阳落山时与友人在农家相会。畅饮之后，尽情醉于茅屋檐下，这样的日子一生中岂会嫌多呢？

新秋夜寄诸弟

两地俱秋夕，相望共星河[1]。
高梧一叶下[2]，空斋归思多。
方用忧人瘼[3]，况自抱微痾[4]。
无将别来近，颜鬓已蹉跎。

◇注释

[1] 星河：银河。

[2] 高梧一叶下：古人有“一叶落而知天下秋”之说。

[3] 人瘼：“民瘼”，民生疾苦。

[4] 微痾：小病。

◇译文

在这秋日的夜晚，我与诸弟分隔两地，仰望着同一片星河。高大的梧桐树落下一片树叶，秋风起，勾起寂寞空斋中的我思归的情绪。朝廷刚刚对我委以重任，我当为人民的疾苦而忧患，况且我的身体只是抱有微恙。与你们分别的时间不会太久，不用为短暂的离别挂怀，致使蹉跎了岁月，衰老了容颜。

休假日[1]访王侍御不遇

九日驱驰[2]一日闲，寻君不遇又空还。

怪来[3]诗思[4]清人骨，门对寒流雪满山。

◇注释

[1] 休假日：唐代规定官吏每十日休息一日，称为“旬休”。

[2] 驱驰：为公务奔忙。

[3] 怪来：怪不得，难怪。

[4] 诗思：作诗的情思。

◇译文

为公务奔忙劳碌了九日，终于等来一日休沐，去寻访你却不遇空还。难怪你的诗情思清澈，沁人心骨，只因你的居所门对着寒流涌动、白雪覆盖的群山。

燕[1]李录事

与君十五侍皇闱[2]，晓拂炉烟[3]上赤墀[4]。

花开汉苑[5]经过处，雪下骊山[6]沐浴时。

近臣零落今犹在，仙驾[7]飘飘不可期[8]。

此日相逢思旧日，一杯成喜亦成悲。

◇注释

[1] 燕：同“宴”。

[2] 皇闱：皇宫。

[3] 炉烟：古代宫殿前台阶上设焚香炉，后指代宫廷、朝官。

[4] 赤墀：皇宫中台阶，涂以朱红色。

[5] 汉苑：汉宜春院，在长安的东南角。

[6] 骊山：地名，位于今陕西省西安市东南。据《旧唐书·玄宗纪》记载，唐玄宗每年冬天都要到骊山温泉沐浴避寒。

[7] 仙驾：此处指唐玄宗仙去。

[8] 期：相遇。

◇译文

我十五岁就和你一起在皇宫担任侍卫，黎明时分与朝官一同踏上殿前的台阶。我们曾一起扈从皇上的车驾去汉苑赏花、去骊山沐浴。如今皇上已经作古，昔日的近臣多已零落，再难相遇。今日与你相逢，回忆往事，把酒言欢，心中亦悲亦喜。

燕居[1]即事

萧条竹林院，风雨丛兰折。
幽鸟[2]林上啼，青苔人迹绝。
燕居日已永[3]，夏木纷成结[4]。
几[5]阁积群书，时来北窗[6]阅。

◇注释

[1] 燕居：闲居。

[2] 幽鸟：隐藏于树林深处的鸟。

[3] 日已永：形容时间很长。

[4] 结：指植物结出果实。

[5] 几：小桌。

[6] 北窗：常指隐居之人的窗户。

◇译文

院中的竹林一片萧条，风雨中丛兰也遭到摧折。树林深处有鸟儿在枝头鸣唱，地上已长满青苔，人迹罕至。我闲居的日子已经很久，不觉间到了夏季，树木已纷纷结出了果实。书房中已堆满群书，我时常坐在北窗下翻阅。

扬州偶会前洛阳卢耿主簿

应物顷贰洛阳，常有连骑之游

楚塞[1]故人稀，相逢本不期[2]。

犹存袖里字[3]，忽怪鬓中丝。

客舍[4]盈樽酒，江行满箧[5]诗。

更能连骑[6]出，还似洛桥时？

◇注释

[1] 楚塞：楚国边境，此处指扬州，扬州在古代是东楚之地。

[2] 不期：没有约定。

[3] 袖里字：书信。

[4] 客舍：旅舍，旅客投宿之所。

[5] 箧：小箱子。

[6] 连骑：骑马时两马并行，并辔而行。

◇译文

我在扬州的故人十分稀少，与你相逢本是不期而遇。我还存着你给我的书信，再见时惊异地发现你的鬓间已有了白发。在旅店中我们将酒杯倒满，把酒言欢，在江边离别写下满箱诗篇。何时才能与你再次并辔而行，就如昔日还在洛桥时一样？

咏琥珀

曾为老茯神[1]，本是寒松液。

蚊蚋[2]落其中，千年犹可觌[3]。

◇注释

[1] 茯神：茯苓。西晋张华《博物志》卷一："松柏脂入地，千年化为茯苓，茯苓化为琥珀。"

[2] 蚊蚋：蚊子。

[3] 觌：见。

◇译文

曾经是千年的茯苓，本是寒松的树脂。蚊子落入其中，千年之后仍清晰可见。

咏露珠

秋荷一滴露，清夜坠玄天[1]。

将来玉盘[2]上，不定[3]始知圆。

◇注释

[1] 玄天：青黑色的天空。

[2] 玉盘：指荷叶。

[3] 不定：指露珠在荷叶上旋转不定。

◇译文

秋日的荷叶上有一滴露珠，那是从寂静的夜空上坠落下来的。露珠在如玉盘一般的荷叶上不停滚动，这才知道原来它是圆的。

咏珊瑚

绛树[1]无花叶，非石亦非琼[2]。

世人何处得，蓬莱[3]石上生。

◇注释

[1] 绛树：传说中的仙树，此处指珊瑚。

[2] 琼：美玉。

[3] 蓬莱：传说中海上的三座仙山之一。

◇译文

珊瑚无花也无叶，非石也非玉。世上之人从何处可以得到它呢？它生在海中蓬莱山石上。

幽居

贵贱虽异等，出门皆有营[1]。
独无外物[2]牵，遂此幽居情。
微雨夜来过，不知春草生。
青山忽已曙，鸟雀绕舍鸣。
时与道人偶[3]，或随樵者行。
自当安蹇劣[4]，谁谓薄世荣[5]！

◇注释

[1] 营：营生，营求。

[2] 外物：身外之物，指世俗的人事。

[3] 偶：遇见，相遇。

[4] 蹇劣：才能平庸。

[5] 世荣：世俗的荣华富贵。

◇**译文**

世人虽有尊卑贵贱之分，但出门在外都要为了生活奔忙经营。我独没有世俗人事的牵挂，因此可以顺从我幽居的心愿。夜间下了一场微雨，不知不觉间春草已经萌生。黎明时，天已放晴，青山已有了曙色，有鸟雀绕着屋舍鸣叫。有时我会与道人相遇，有时与樵夫随行。我安于现状是因为才能平庸，谁说是鄙薄尘世的荣华呢？

游龙门香山泉

山水本自佳，游人已忘虑。
碧泉更幽绝，赏爱未[1]能去。
潺湲[2]写[3]幽磴[4]，缭绕带[5]嘉树。
激转忽殊流，归泓[6]又同注。
羽觞[7]自成[8]玩，永日亦延趣。
灵草有时香，仙[9]源不知处。
还当候圆月，携手重游寓[10]。

◇注释

[1] 未：一作“不”。

[2] 潺湲：形容水慢慢流的样子。

[3] 写：同“泻”。

[4] 磴：石阶。

[5] 带：一作“对”。

[6] 泓：水澄清的样子，此处指水潭。

[7] 羽觞：一种酒器，左右有耳，形如鸟翼。

[8] 成：一作“伐”。

[9] 仙：一作“山”。

[10] 游寓：游历，居住。

◇译文

龙门香山的山水本就十分优美，游览中我已经忘记了心中的忧愁。清澈的泉水更是清幽殊绝，我久久欣赏不愿离去。泉水在石阶间缓缓流动，在嘉树间曲折回旋。忽然间水流受阻遏后腾涌，分成几路，回到澄清的水潭时又归于同注。在这里举杯畅饮，尽情游玩，度过漫长的一天也能感受到乐趣。山中时时传来灵草的香味，想要找到源头却不知在何处。希望等到下次月圆之时，我们还能再次携手一同来游玩居住。

有所思

借问堤[1]上柳，青青为谁春。

空游昨日地，不见昨日人。

缭绕万家井[2]，往来车马尘。

莫道无相识，要非[3]心所亲。

◇注释

[1] 堤：一作“江”。

[2] 万家井：指千村万落。陈子昂《谢赐冬衣表》：“三军叶庆，万井相欢。”

[3] 要非：总不是。

◇译文

想要问堤边的柳树，这青青枝叶是为谁而春呢？游览昔日的故地，已不见了昔日的故人。炊烟在千村万落缭绕回旋，往来的车马泛起阵阵烟尘。不要说没有相识的人，只不过不是我心中亲近的那个人罢了。

与村老对饮

鬓眉雪色犹嗜酒，言辞淳朴古人风。

乡村年少生离乱[1]，见话[2]先朝如梦中。

◇注释

[1] 离乱：变乱，常指战乱。

[2] 见话：听说。

◇译文

村中老者的鬓间、眉毛皆如雪一般白，还是非常喜爱美酒。对饮言谈间，措辞淳朴，有古人之风。他讲起了少年时期在乡村发生的战乱故事，听到这些前朝遗事，我如入梦中。

与韩库部会王祠曹宅作

闲[1]门荫堤柳，秋渠含夕清。
微风送荷气[2]，坐客散尘缨[3]。
守默[4]共无吝[5]，抱冲俱寡营[6]。
良时颇高会[7]，琴酌共开情。

◇注释

[1] 闲：一作“闭”。

[2] 荷气：荷花的香气。

[3] 散尘缨：解开冠带，无拘无束。

[4] 守默：与“抱冲”皆有保持清净冲淡的胸襟之意。

[5] 吝：贪恋。

[6] 寡营：无所营求。

[7] 高会：盛大的宴会。

◇译文

门前的河堤上，杨柳依依，遮蔽着阳光，秋季的河水含着傍晚的清凉。微风送来了荷花的香气，客人解开冠带，轻松地落座。你我皆是清净淡泊之人，没有过多的贪恋与营求。在这美好的时节，我们在此举行盛大的宴会，抚琴饮酒，开怀欢畅。

雨夜感怀

微雨洒高林，尘埃自萧散。

耿耿心未平，沉沉夜方半。

独惊长簟[1]冷，遽[2]觉愁鬓换。

谁能当此夕，不有盈襟叹。

◇注释

[1] 簟：竹席。

[2] 遽：突然。

◇译文

微微细雨飘洒于山林之上，空气中的尘埃都消散了。在这深沉的半夜中，我的心中烦躁不安，难以平静。惊觉床上的竹席已经凉了，忽然发现因为发愁，我的鬓发已经变白。谁能在这样的夜晚，没有满怀的慨叹呢？

月下会徐十一草堂

空斋无一事，岸帻[1]故人期。
暂辍[2]观书夜，还题玩月[3]诗。
远钟高枕[4]后，清露卷帘时。
暗觉新秋近，残河[5]欲曙迟。

◇注释

[1] 岸帻：将头巾推起，露出前额。形容洒脱不拘、无拘无束的样子。帻，头巾。

[2] 暂辍：停止，中止。

[3] 玩月：赏月。

[4] 高枕：垫高枕头睡觉，形容无忧无虑。

[5] 残河：即将隐没的银河。

◇译文

草堂中空空荡荡，清闲无事，将头巾推起，露出前额，毫无拘束地等待友人赴约。夜幕降临，你暂时停下读书，与我们题诗赏月。无忧无虑中，远处传来晨钟的声音，清露微凉，沾湿了卷帘。不知不觉中，感觉初秋已经近了，银河即将隐没，黎明的曙光即将来临。

再游西郊渡

水曲一追游，游人重怀恋。
婵娟[1]昨夜月，还向波中见。
惊禽栖不定，流芳寒未遍。
携手更何时，伫看花似霰[2]。

◇注释

[1] 婵娟：形容月亮美好的样子。

[2] 霰：小雪粒。

◇译文

追随游览西郊渡口曲曲折折的水流，我再次游览时又怀恋起当初的情景。昨夜，美好的月光映照在水波中。栖息的禽鸟受到惊吓，飞了起来，清冷的夜里传来花草的香气。什么时候才能再与你携手共游，一起站在这里看月光下洁白晶莹的花朵。

赠李僧

丝[1]桐[2]本异质，音响合自然。
吾观造化意，二物相因缘。
误触龙凤啸，静闻寒夜泉。
心神自安宅[3]，烦虑顿可捐[4]。
何因知久要[5]，丝白[6]漆亦坚。

◇注释

[1] 丝：丝线，古代以练丝为琴弦。

[2] 桐：桐木，适于制琴。

[3] 安宅：安居。

[4] 捐：舍弃。

[5] 久要：旧约，旧交。

[6] 丝白：比喻志行高洁。

◇**译文**

丝线与桐木本是两种不同的物质，二者组合起来发出的声音妙造自然。我揣度造物主之意，此二物之间一定大有因缘。偶然拨动琴弦，琴声清越高亢，犹如龙吟凤啸，静静聆听，琴声低回幽咽，又如寒夜清泉。琴声可以使我心神澄净，安居宅中，还可以让我抛却所有的忧虑烦恼。为何你我是彼此了解的旧友，只因我们志行高洁，情谊牢固深厚。

赠王侍御

心同野鹤[1]与尘远，诗似冰壶见底清。
府县同趋[2]昨日事，升沉[3]不改故人情。
上阳秋晚萧萧雨，洛水寒来夜夜声。
自叹犹为折腰[4]吏，可怜骢马[5]路傍行。

◇注释

[1] 野鹤：鹤的性情孤高，居于林野，常用来比喻隐士。

[2] 趋：小步疾走。

[3] 升沉：指仕途的升迁与贬谪。

[4] 折腰：弯腰行礼，此处指屈身事人。

[5] 骢马：青白色的马。

◇译文

我的心性如同林野中的鹤一般，远离世俗凡尘，诗作如同晶莹剔透的冰壶一般清澈见底。曾经与你同在官场共事，仿若还在昨日，仕途的沉浮不会改变故人之间的情谊。秋夜里上阳宫下起了潇潇细雨，冬季来临，洛水夜夜传来潺潺流水声。可叹自己仍然是屈身事人的州县小吏，可怜骏马只能在路旁慢行。

长安遇冯著[1]

客从东方来，衣上灞陵[2]雨。
问客何为来？采山[3]因买斧。
冥冥[4]花正开，飏飏[5]燕新乳。
昨别今已春，鬓丝生几缕？

◇注释

[1] 冯著：河间（今河北省沧州市）人，曾应广州刺史李勉之邀入幕为录事，与韦应物是好友。

[2] 灞陵：地名，又作“霸陵”，旧址在今陕西省西安市东郊，为汉文帝陵墓所在。

[3] 采山：采樵，此处指归隐山林。

[4] 冥冥：昏暗的样子，此处指花叶浓密。

[5] 飏飏：形容燕子飞翔的样子。

◇**译文**

客人从东方来到长安，衣服上还带着灞陵的春雨。问客人为何而来，他说他要归隐山林，来此买斧采樵。繁盛的百花正在开放，哺育了新雏的燕子轻快地飞翔。与你的离别如在昨日，如今又是一年的春天，你的双鬓是否又添了几缕白发？

昭国里[1]第听元老师弹琴

竹林高宇霜露清，朱丝[2]玉徽[3]多故情。

暗识啼乌与别鹤[4]，只缘中有断肠声。

◇注释

[1] 昭国里：长安坊里名，位于朱雀门东第三街从南第四坊。

[2] 朱丝：红色琴弦，代指琴。

[3] 玉徽：琴面上玉质的音阶标识，代指琴。

[4] 暗识啼乌与别鹤：《啼乌》《别鹤》都是琴曲名。

◇译文

竹林高宇之中，清露寒霜之夜，琴师拨动琴弦，勾起了我对往事的回忆。我听出了《啼乌》与《别鹤》之曲，只因琴声凄恻，有断肠悲音。

至开化里寿春公故宅

宁知府中吏，故宅一徘徊。

历阶存往敬，瞻位泣余哀。

废井没荒草，阴牖[1]生绿苔。

门前车马散，非复昔时来。

◇注释

[1] 阴牖：北面的窗户。

◇译文

岂知曾在你府中为吏的我，如今在你的故宅前徘徊。我心中存着往日对你的敬意拾阶而上，瞻仰你的灵位，我不禁为无尽的悲伤而哭泣。荒草已经淹没了废井，北面的窗户生出了绿苔。门前只有稀疏的几辆车马，再不复当初来时的景象。

子规啼

高林滴露夏夜清，南山[1]子规[2]啼一声。

邻家孀妇抱儿泣，我独展转[3]何时明！

◇注释

[1] 南山：终南山，位于长安南。

[2] 子规：杜鹃鸟，传说为蜀帝杜宇的魂魄所化，每到夜晚，啼声悲切，如“不如归去”之声，故名。

[3] 展转：辗转反侧，难以入眠。

◇译文

凄清的夏夜，静得可以听见树林中的滴露之声，终南山一声声子规鸟的啼声清晰可闻。耳边又传来邻家的孀妇抱儿哭泣的声音，孤寂的我辗转难眠，何时才会天明？

自巩洛舟行入黄河即事寄府县僚友[1]

夹水苍山路向东，东南山豁[2]大河通。
寒树依微[3]远天外，夕阳明灭[4]乱流中。
孤村几岁临伊[5]岸，一雁初晴下朔风[6]。
为报洛桥[7]游宦侣，扁舟不系[8]与心同。

◇注释

[1] 唐德宗建中四年（783），韦应物出任滁州刺史，从长安出发至滁州，途经洛阳，行舟自洛水到巩县入黄河东下，此诗便是此时所作，寄给他在洛阳任县丞时的僚友。

[2] 豁：开阔，开朗。

[3] 依微：依稀，隐约。

[4] 明灭：忽明忽暗，闪烁不定。

[5] 伊：伊水，洛水的支流。

[6] 朔风：北风。

[7] 洛桥：洛阳天津桥，位于洛阳西南的洛水上。

[8] 扁舟不系：比喻行踪漂泊不定，内心无牵无挂。《庄子·列御寇》：“巧者劳而智者忧，无能者无所求。饱食而遨游，泛若不系之舟，虚而遨游者也。”

◇译文

两岸的青山夹着洛水，一路乘舟向东，东南方的山谷豁然开朗通入黄河。遥远的天边，寒树的影子隐隐约约，夕阳的余晖在汹涌的波浪中忽明忽暗。想起曾在伊水岸边的孤村住过几年光景，如今雨后初晴，一只孤单的大雁迎着北风南飞。我要告诉昔日在洛阳的同僚好友，此刻我不系扁舟，在江河上遨游，正与我的心性相同。